中华民族历史上经历过很多磨难,但从来没有被压垮过,而是愈挫愈勇,不断在磨难中成长、从磨难中奋起。

——习近平

2020
中国战"疫"日志

2020.01.23-02.23

本书编辑组

目 录

1月23日·封城 2

1月24日·不一样的年夜饭 5

1月25日·时间，就是生命 8

1月26日·勇气和担当，是父母送给你的分别礼物 11

1月27日·总理，您说武汉，我们说加油！ 14

1月28日·她站在那里，就意味着治愈的希望 18

1月29日·一线岗位全部换上党员，没有讨价还价！ 21

1月30日·你们守护武汉，我们守护你们 24

1月31日·走，祖国接你们回家 27

2月1日·希望口罩生产多点、再多点 29

2月2日·10天，火神山 33

2月3日·22吨香蕉，感恩味的 37

2月4日·这些一线的守门人，请配合他们 40

2月5日·我不是病毒，我是人类 44

2月6日·"这一定是史上最长的单人行李托运单" 47

2月7日·岂曰无衣，与子同袍 50

2月8日·不同的战场，同样的坚守 53

2月9日·离病毒最近的人 57

2月10日·白衣战袍，向死而生！ 60

2月11日·在苦难之中寻找生的力量和心的安宁 65

2月12日·总有人站在你身后 70

2月13日·方向：武汉！ 74

2月14日·"新冠"时期的爱情 78

2月15日·武汉下雪了 81

2月16日·两个细节 85

2月17日·复工复产复日常 88

2月18日·温暖咖啡馆 92

2月19日·春天的田野 95

2月20日·"提灯"姑娘 99

2月21日·一封永远无法寄出的婚礼请柬 103

2月22日·"我不想哭,哭花了护目镜没法做事。" 106

2月23日·当一切过去…… 109

编者的话 111

致　谢 113

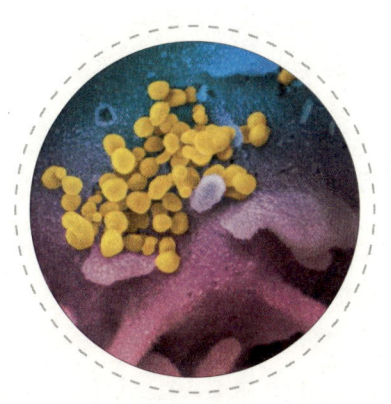

让我们好好看看它。它就是新型冠状病毒（SARS-CoV-2）。它呈球形封闭结构，外膜有明显的棒状粒子突起，因之看上去像中世纪欧洲帝王皇冠，遂得名"冠状病毒"。

2019年12月的某一天，这种冠状病毒经由目前未知的路径，进入一些武汉市民的呼吸道中，开始了疯狂的自我复制。不到一个月，由病毒引发的新型冠状病毒肺炎疫情在四通八达的大武汉肆虐成灾。然后这看不见的病毒，伴随中国春运大潮"流动"，扩散到北京、上海、浙江、广东……

1月23日，武汉封城。中国开始了壮烈的抗"疫"武汉保卫战、湖北保卫战、全国阻击战！

"这次新冠肺炎疫情，是新中国成立以来在我国发生的传播速度最快、感染范围最广、防控难度最大的一次重大突发公共卫生事件。对我们来说，这是一次危机，也是一次大考。经过艰苦努力，目前疫情防控形势积极向好的态势正在拓展。实践证明，党中央对疫情形势的判断是准确的，各项工作部署是及时的，采取的举措是有力有效的。防控工作取得的成效，再次彰显了中国共产党领导和中国特色社会主义制度的显著优势。"一个月后的2月23日，习近平总书记在统筹推进新冠肺炎疫情防控和经济社会发展工作部署会议上作了重要讲话。

这场史无前例的抗"疫"人民战争，习近平总书记亲自指挥、亲自部署，党中央果断决策、统一协调，全国人民众志成城、守望相助，在磨难中挺直了中华民族的脊梁。正如习近平总书记强调的："中华民族历史上经历过很多磨难，但从来没有被压垮过，而是愈挫愈勇，不断在磨难中成长、从磨难中奋起。"

14亿中国人艰辛、壮烈又不凡的抗"疫"之战还在继续……

"借问瘟君欲何往，纸船明烛照天烧。"

战"疫"，胜利一定属于我们！

这是 2020 年，历史终将铭记这一年。

2020中国战"疫"日志

1月23日　中国·武汉

◎1月23日凌晨2时许，武汉市新型冠状病毒感染的肺炎疫情防控指挥部发布第1号通告：

自2020年1月23日10时起，武汉全市城市公交、地铁、轮渡、长途客运暂停运营；无特殊原因，市民不要离开武汉；机场、火车站离汉通道暂时关闭。恢复时间另行通告。

◎1月23日，国家卫健委发出《关于加强新型冠状病毒感染的肺炎重症病例医疗救治工作的通知》，要求严格落实"集中患者、集中专家、集中资源、集中救治"原则，安排最强有力的医疗力量和医疗机构进行医疗救治。

◎1月23日，按照国务院部署，财政部紧急下拨湖北省新型冠状病毒感染的肺炎疫情防控补助资金10亿元，支持湖北省开展疫情防控相关工作。

封　城

武汉黄鹤楼和长江大桥（新华社 熊琦 摄）

在这片8494平方千米的土地上，公路、铁路、航空、内河航运，各种交通线路往来交织，人称"九省通衢"。

这里是中国高速铁路的中心，乘坐高铁至北京、上海、重庆、深圳、香港等城市均在5小时左右。

这里是中国中部航空枢纽，拥有40条境外直达航线，是中国华中地区唯一可直航四大洲的城市。

这里是武汉，是座永远火辣、躁动、奔腾不息的城市。

今天，这里却因为新型冠状病毒感染的肺炎疫情而停滞了。

疫情发生后，中共中央总书记、国家主席、中央军委主席习近平第一时间作出重要指示，要求各级党委和政府及有关部门把人民群众生命安全和身体健康放在第一位，采取切实有效措施，坚决遏制疫情蔓延势头。

今天，武汉的哥讲述了一位乘客的故事，他说着说着，哭了……

他说，他今天接了一个护士到金银潭医院，这名护士是主动请缨到救护前线。在车上，护士的手机不停响，家人担心，都恳求她不要去，可是这个护士的态度非常坚决，说"没事没事"，义无反顾要上岗。

的哥不知道她的名字，只知道她戴着眼镜。

的哥说："我希望她和其他医院人员一样，保佑武汉的安全，也希望她好好保护自己，希望她不要有危险。"

他说："我从来没有这么激动过，因为太感动了。武汉现在是非常关键的时候，需要这种正能量给我们广大市民打打气。"

大武汉，加油！

（本文主要编选自央视新闻等相关报道）

1月24日 中国·武汉

◎1月24日，为认真贯彻落实习近平主席重要指示精神和中央军委部署要求，军委后勤保障部牵头展开军队应对突发公共卫生事件联防联控工作，组织军队专业医疗力量投入新型冠状病毒感染肺炎疫情的防控。

◎经中央军委批准，中国人民解放军从陆军、海军、空军军医大学抽组3支医疗队驰援武汉。截至24日23时44分，全部抵达武汉机场。

◎1月24日，武汉市新冠肺炎防控指挥部相关负责人介绍，为缓解现有医疗资源不足、进一步加大患者救治力度，武汉市参照北京小汤山医院模式，在蔡甸区建设一座集中收治新型冠状病毒感染的肺炎患者的专门医院——武汉火神山医院，预计于2月3日前建成。

不一样的年夜饭

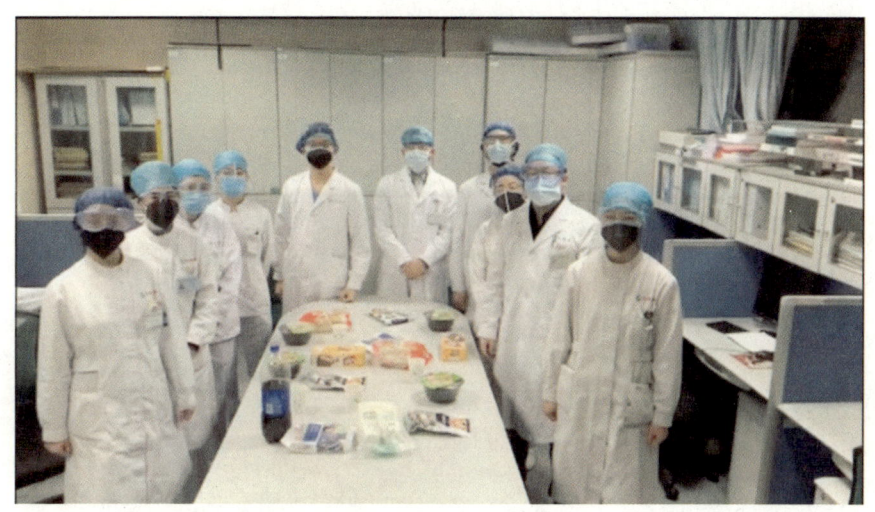

华中科技大学同济医学院附属同济医院一线医护人员的"年夜饭"

1月24日，除夕夜。

年夜饭，是中国人最看重的家庭聚会。中国人对年夜饭的感情，不在于吃什么、味道如何，而是在于跟谁在一起吃。就像《舌尖上的中国》中说的那样："这些味道，已经在漫长的时光中和故土、乡亲、念旧、勤俭、坚韧等等情感和信念混合在一起，才下舌尖，又上心间，让我们几乎分不清哪一个是滋味，哪一种是情怀。"

今天，一段华中科技大学同济医学院附属同济医院一线医护人员的"年夜饭"视频触动了众多人的心。这段视频显示，10名身着白大褂、戴着口罩和护目镜的医护人员齐声喊出"武汉加油"的口号。办公室桌子上摆放着一些零食和半瓶可乐，这是他们的年夜饭。

"不当英雄，也不当逃兵。"奋战在武汉市第五医院一线的医护人员王媛在除夕夜写下了这样的感触。此时，她正在值夜班，接诊发热病人。而她只是除夕夜奋战在防疫一线的万千医护人员中的普通一员。他们可能顾不上吃上一口年夜饭。

与此同时，中国人民解放军陆军军医大学135名医护人员、中国人民解放军海军军医大学150名医护人员、中国人民解放军空军军医大学143名医护人员分别从重庆、上海、西安出发。他们在本该阖家团圆的年夜饭家宴上告别家人，飞援武汉。

1月24日晚，由陆军军医大学组建的医疗队在重庆江北国际机场停机坪集结，准备连夜驰援武汉。（新华社/图）

（本文主要编选自《中国经营报》、新华社等相关报道）

1月25日　中国·武汉

◎1月25日，中共中央政治局常务委员会召开会议，决定成立中央应对新型冠状病毒感染肺炎疫情工作领导小组，在中央政治局常务委员会领导下开展工作。党中央向湖北等疫情严重地区派出指导组，推动有关地方全面加强防控一线工作。在这次会议中，中共中央总书记习近平提出了"坚定信心、同舟共济、科学防治、精准施策"的要求。

◎1月25日，武汉市新型冠状病毒感染的肺炎疫情防控指挥部发布第9号通告：为控制人员流动引发的传染风险，自2020年1月26日0时始，除经许可的保供运输车、免费交通车、公务用车外，中心城区区域实行机动车禁行管理。

时间，就是生命

在武汉火神山医院建设工地，大型机械加紧施工。（新华社 肖艺九 摄）

今晚，武汉市建设局工作人员大伟没能奉召返工。他在武汉市第一医院呼吸内科工作的妻子，已经确诊感染新冠肺炎，作为密切接触者的他也在自我隔离中。

此时此刻，大伟的同事们正在蔡甸区知音湖畔的一片空地上，通宵作业。

1月23日13时06分，小汤山医院的设计方国机集团中国中元公司收到了武汉市城建局的关于"应急医院设计"的加急求助函；78分钟后，一份修订完善的小汤山医院图纸送抵武汉，以黄锡璆为组长的小汤山技术专家组时隔多年再次集结。

79岁的黄锡璆是中国中元首席顾问总建筑师、全国勘察设计大师；他另一个更加广为人知的身份，是小汤山医院的设计师。17年前，他带领中元医疗建筑团队在7天内完成小汤山医院的设计建设任务；而今，面对新冠肺炎疫情，这名老将主动请缨，再度披挂上阵。

1月24日,数百台挖掘机、推土机累计平整全部场地5万平方米,相当于7个足球场大小;开挖土方15万立方米,足以填满57个标准游泳池。

先后参与过长江抗洪、抗击非典、汶川地震抢险救灾等重大任务的司机牛合龙来了,他说"相信希望,是我们最强的力量";20年来第一次能陪家人过年的中建三局员工蒋桂喜听到"集结号"响起,也从老家赶来"参战"。

大伟也想早日返工,他说:"我真想赶紧回去把医院修好,让妻子住进去。"

工人在武汉火神山医院建设工地加紧施工(新华社 肖艺九 摄)

(本文主要编选自《新京报》、侠客岛等相关报道)

2020中国战"疫"日志

1月26日　中国·武汉

◎1月26日，中共中央政治局常委、国务院总理、中央应对新型冠状病毒感染肺炎疫情工作领导小组组长李克强主持召开领导小组会议，进一步部署疫情防控工作。会议强调，要及时公开透明发布疫情防控信息，对缓报、瞒报、漏报的要严肃追责。

◎1月26日，武汉市市长周先旺在湖北省召开的新型冠状病毒感染肺炎疫情防控工作例行新闻发布会上表示，因为春节和疫情的影响，目前有500多万人离开武汉，还有900万人留在城里。

◎1月26日，中国疾控中心病毒病所在新型冠状病毒溯源研究中取得阶段性进展。该所首次从华南海鲜市场的585份环境样本中，检测到33份样品含有新型冠状病毒核酸，并成功在阳性环境标本中分离病毒。

勇气和担当，是父母送给你的分别礼物

1月26日，辽宁医疗队成员、大连市友谊医院呼吸内科医生王利菊在出发去武汉前与儿子告别。（新华社 龙雷 摄）

孙鹏医生是武汉协和医院急诊科副主任，他负责该院急诊科和发热门诊的工作。今天上午，协和医院被征为武汉市第三批可以收治诊断为新型冠状病毒肺炎病人的定点医院之一。

孙鹏14岁的女儿孙婉清已经好多天没见到爸爸了，因此给爸爸写了一封家书。

父亲膝下：

流感突起，肺炎逼至，想父亲安康？恭惟父亲工作兢兢业业，是以稍有声望，日前升迁，感言良多。曾言健康所系，性命相托，将为患者尽心尽力。故常早出晚归，于我偶有失信——抢救病人以

忘时，误我培优也。某才学浅薄，不甚通世情冷暖，曾怪罪于您，望您见谅。日前流感横行，您于院中应多加留意，谨防传染。吾坚信没有一个冬天不可逾越，病毒肆虐的当下，亦如是。日月不居，时节易迈，亥猪将逝，子鼠已来，抟沙转烛间，又是一年，小女祝您新年快乐，身体健康。

女儿婉清再拜问起居

协和医院麻醉科医生、孙婉清的母亲张清看到女儿信中"健康所系，性命相托"这句话有些意外，因为这是他们医学生誓言的开头语——

"健康所系，性命相托……我决心竭尽全力除人类之病痛，助健康之完美，维护医术的圣洁和荣誉，救死扶伤，不辞艰辛……"

20多年前，张清踏入医学学府时宣读的誓言犹在耳畔。耳濡目染，女儿竟将这个誓言也记在心里。

（本文主要编选自新华社《一封家书："没有一个冬天不可逾越"》等相关报道）

1月27日　中国·武汉

◎ 1月27日，中共中央总书记、国家主席、中央军委主席习近平作出重要指示，强调在当前防控新型冠状病毒感染肺炎的严峻斗争中，各级党组织和广大党员干部必须牢记人民利益高于一切，不忘初心、牢记使命，团结带领广大人民群众坚决贯彻落实党中央决策部署，全面贯彻坚定信心、同舟共济、科学防治、精准施策的要求，让党旗在防控疫情斗争第一线高高飘扬。

◎ 1月27日，受习近平总书记委托，中共中央政治局常委、国务院总理、中央应对新型冠状病毒感染肺炎疫情工作领导小组组长李克强来到武汉，考察指导疫情防控工作，代表党中央、国务院慰问疫情防控一线的医务人员。

◎ 1月27日，国务院办公厅发布《关于延长2020年春节假期的通知》，决定延长2020年春节假期至2月2日（农历正月初九，星期日）。

总理,您说武汉,我们说加油!

一架满载援汉物资的货运飞机在武汉天河国际机场卸货。(新华社 程敏 摄)

1月27日,李克强总理来到武汉。他都去了哪儿?都说了什么?

总理在金银潭医院跟重症监护室医护人员视频通话:"你们在疫情防控第一线已经连续奋战了许多天,守护着人民群众生命健康,武汉人民感谢你们,全国人民感谢你们!现在正处在疫情防控关键期,你们最紧迫的任务就是争分夺秒尽全力救治患者。"

"全国人民都是你们的后盾,请你们转达对患者的良好祝愿。你们也一定要保护好自己,这样患者就多一分希望,全国人民也就更有信心、更加安心。感谢你们,拜托你们了!你们要抽空每天给家人打个电话,报个平安,也让家人安心、放心。"

总理在火神山医院工地勉励工人们:"抗击疫情如救水火,你们是在与时间赛跑,医院建成将成为能够及时收治患者的'安全岛'。

我们要千方百计确保所有患者应收尽收。"

总理在湖北省疾控中心新生物安全防护实验室说："防控好武汉的疫情能增强全国人民信心，刚才你们提出的请求都已按要求正在落实，在前期已调集医务人员和物资的基础上，两天内还将有2500名医护人员特别是护士增援武汉，2万个医用护目镜今天下午即可运到，武汉每天需要的医用防护服有关方面会采取多种措施加以保障。下一步你们还有什么需求，无论是人员、物资还是资金，国家都会特事特办、动员力量、加大支持，前方指导组将继续做好统筹协调。"

总理在武商超市跟武汉市民说："全国人民都是你们的坚强后盾，国家各方面资源充足，也建立了运输绿色通道，只要你们需要就会抓紧调运，一定能够保障武汉市场供应充足、价格稳定。对于哄抬物价的我们会依法严肃查处。"

武汉市民性格豪爽，主动邀请总理与他们一应一和地喊起了"总理说武汉、大家说加油"的独特口号。在李克强总理与现场市民的默契配合下，一声高过一声的"武汉加油"响彻超市。这个场景也通过现场媒体与市民拍摄的视频，广为流传。

（本文主要编选自《人民日报》、《中国青年报》等相关报道）

1月28日 中国·武汉

◎1月28日，国家主席习近平在北京人民大会堂会见世界卫生组织总干事谭德塞。习近平强调，当前中国人民正在与新型冠状病毒感染肺炎疫情进行严肃的斗争。人民群众生命安全和身体健康始终是第一位的，疫情防控是当前最重要的工作。疫情是魔鬼，我们不能让魔鬼藏匿。中国政府始终本着公开、透明、负责任的态度及时向国内外发布疫情信息，积极回应各方关切，加强与国际社会合作。谭德塞表示，在疫情面前，中国政府展现出坚定的政治决心，采取了及时有力的举措，令世人敬佩。习近平主席亲自指挥、亲自部署，展示出卓越的领导力。中方公开透明发布信息，用创纪录短的时间甄别出病原体，及时主动同世界卫生组织和其他国家分享有关病毒基因序列。中方采取的措施不仅是在保护中国人民，也是在保护世界人民，我们对此表示诚挚感谢。

◎近日,中共中央印发《关于加强党的领导、为打赢疫情防控阻击战提供坚强政治保证的通知》。

◎1月28日,国家卫生健康委办公厅、国家中医药管理局办公室联合下发《新型冠状病毒感染的肺炎诊疗方案(试行第四版)》,要求各有关医疗机构要在医疗救治工作中积极发挥中医药作用,加强中西医结合,建立中西医联合会诊制度,促进医疗救治取得良好效果。

她站在那里,就意味着治愈的希望

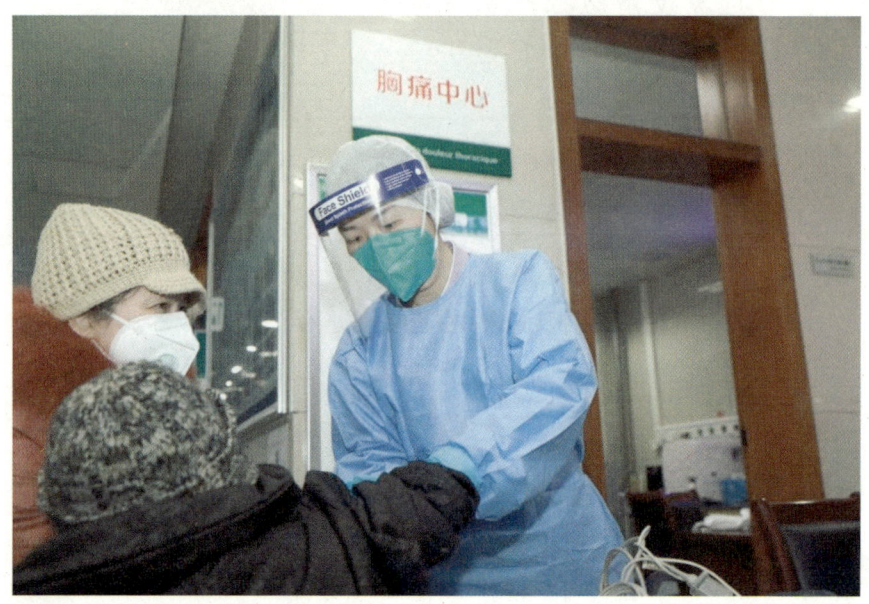

武汉大学中南医院急救中心护士郭琴(人民日报 贺广华 程远州 摄)

38岁的郭琴是武汉大学中南医院急救中心的护士,1月13日确诊患上新型冠状病毒感染的肺炎。

她住进了6号病床。她在这张病床上护理过无数病人,也抢救过危重患者。这回,她第一次以病人的视角扫视曾经工作的地方。

夜晚是在焦虑中度过的,抢救仪器就在枕边,输液瓶滴滴答答到凌晨两点。原本与郭琴搭班的男徒弟,一个人在病房里穿行,监护仪报警声频繁响起。从晚上10点接班到第二天上午8点,脚步声没有停下来,不是平稳的步伐,而是急促的小碎步。

同事忙完,走到郭琴跟前,观察她的呼吸和睡眠。"曾经我也是这样无数次巡视病人,日日夜夜地坚持了15年,现在想想都不知道是怎么做到的。"

"如果我没有症状,就可以帮同事一下,他们就没有那么辛苦。"同事来护理她,她很不好意思,她不能走动,需要喝水时,也不想过多麻烦他们。

"我终于理解了有些病人不忍打扰护士的心理,宁可自己憋着,也不跟护士说。"等她重返岗位时,添了主动询问病人需要的习惯。

幸运的是,住院3天后,郭琴的体温恢复正常。她腾出床位,开始回到父母家居家隔离。

1月27日,郭琴的血液检测结果、核酸检测结果和CT都显示正常。

1月28日,痊愈后的第一天,她给护士长发了微信,要求重返岗位:"护士长,了解到病房现在重患越来越多,大家压力也大……护士长看能不能请示一下,问问专家们不发烧几天后可以(工作),要是没大碍,我就来上班。"

6号病床又收进了新病人。得知郭琴是康复的新冠肺炎患者,病人们对她更信赖,围着她问"胸闷到底是什么导致的""我今天喝的水够不够"。

病人们愿意看到她,仿佛她站在那里,就意味着一种治愈的希望。

(本文主要编选自《中国青年报》文章《郭琴:看我站在那里,病人心安》相关报道)

1月29日　中国·上海

◎ 中共中央总书记、国家主席、中央军委主席习近平近日对军队做好新型冠状病毒感染的肺炎疫情防控工作作出重要指示，强调牢记宗旨，勇挑重担，为打赢疫情防控阻击战作出贡献。

◎ 1月29日，中共中央政治局常委、国务院总理、中央应对新型冠状病毒感染肺炎疫情工作领导小组组长李克强主持召开领导小组会议，进一步研究疫情防控形势，部署有针对性加强防控工作。

◎ 1月29日，中国31个省市自治区已经全部启动重大突发公共卫生事件一级响应。

◎ 1月29日，中华人民共和国应急管理部会同国家粮食和物资储备局向湖北省紧急组织调拨3000顶帐篷、2万床棉被、2万件棉大衣等中央救灾物资，支持地方设置基层疫情防控站点。

一线岗位全部换上党员,没有讨价还价!

华中科技大学同济医学院附属协和医院,医护人员加入抗击新型冠状病毒感染的肺炎突击队。突击队由该院党委组建,以党员为主体。(新华社 程敏 摄)

今天,有记者在华山医院见到了刚刚从有上海"小汤山"之称的市公卫中心回来的上海医疗救治专家组组长、华山医院感染科主任张文宏。

他说:"我们今天做了两件事情:第一件事情,我自己每个星期要进去查房,至少一次到两次;第二件事情,换岗,把所有从年底到现在为止的医生全部换掉。这一批都是了不起的医生,在对疫情的风险性、传播性、致病性一无所知的时候,他们就这样把自己暴露在疾病的前面,暴露在病毒的前面,我认为他们都是非常了不起的医生,所以人不能欺负听话的人。"

"我把所有岗位的医生全都换下来,换成谁?换成科室里所有的共产党员。共产党员在宣誓的时候不是说吗,把人民的利益放在第一位,迎着困难上。我说现在开始,把所有的人都换下来,共产党员上,再给我做出自己的样子来。"

他接着说:"其实华山医院的病房不需要我查房,我去查房的主要原因其实只有一点,要消除我们医生的恐惧。就是说你主任,老是在后面指手画脚,不进去跟病人'亲密接触',然后让我们老是在危险的第一线,我怎么可以接受呢?"

(本文主要编选自第一财经、《人民日报》等相关报道)

1月30日　中国·武汉

◎ 1月30日，中共中央政治局常委、国务院总理、中央应对新型冠状病毒感染肺炎疫情工作领导小组组长李克强赴中国疾控中心考察疫情防控科研攻关情况，就当前疫情形势和后续走势、加强患者救治和科学防控，听取了国家卫生健康委新型冠状病毒感染的肺炎医疗与防控高级别专家组组长钟南山等专家和医务人员的意见建议。

◎ 1月30日，中共中央政治局委员、国务院副总理孙春兰率领中央赴湖北指导组走进医院和医务人员住地，受习近平总书记委托，代表党中央、国务院看望慰问一线医务工作者，并实地了解走访社区疫情防控情况和居民生活状况。

你们守护武汉，我们守护你们

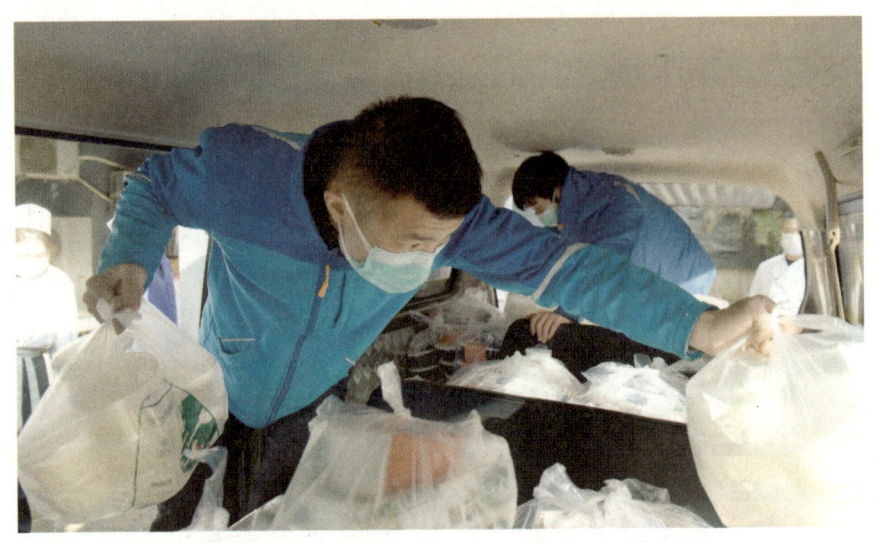

外卖小哥将盒饭搬到送货车内，免费送至武汉市第五医院食堂。（新华社 李贺 摄）

眼下，"家里蹲"、不出门是最安全健康的生活方式，也是对防控疫情最大的支持，但生活总要继续。于是，这些奔驰在城市街头的外卖骑手，成为许多市民与外界连接的桥梁。他们在超市、餐馆、医院和社区之间来回穿梭，为医生和患者送去热乎的饭菜，为居民送去日常生活的必需品。

对于病毒，他们当然也怕。但看到奋战在最前线的医护人员年夜饭只能吃泡面时，心酸战胜了恐惧，只想"送一份热乎饭，陪他们、陪武汉打赢这仗"。

何止他们，一口热乎饭的背后，是那些仍在正常营业的餐馆、超市、菜市场，是一个个仍然在岗的普通工人。他们的默默坚守，换来我们日常的生活。

邱贝文和她的丈夫所经营的餐厅"捌号仓库"位于武汉市黄陂区，

在武汉天河机场附近。本来是以海鲜烧烤为主打的小餐厅在封城期间经营的项目变成了炒菜、盒饭。餐厅离武汉集中收治肺炎患者的几间大医院距离都不算近，即使这样，邱贝文还是决意为更多的武汉医护人员提供餐食。

"我们是要收费的，但是我们一分钱都不赚。"她说，"本来我们每份餐食的定价是8元、10元，但是现在整个武汉买菜都成问题，即使能买到菜也相当贵，所以我们最后定价是15元，两荤一素。我们不能在这个时候赚钱，但是我一定要收费，因为我们是小本生意，只有存活下来才能帮助更多的人。"

邱贝文压力也很大——她今年28岁，是一个孩子的妈妈，家里也有老人要照顾，动员全家的力量去做这样一件事需要比她这个年龄段的单身年轻人承担更多的责任。

"也正是我有孩子，所以我才想做这些事情。因为如果连到我们武汉来支援的一线医务人员的餐食都不能保障，这个疫情会越来越严重。"她说。

（本文主要编选自凤凰网、中央纪委国家监委网站等相关报道）

1月31日　中国·武汉

◎1月31日,中共中央政治局常委、国务院总理、中央应对新型冠状病毒感染肺炎疫情工作领导小组组长李克强主持召开领导小组会议,部署做好春节后错峰返程、加强疫情防控等工作。

◎1月31日凌晨,世界卫生组织(WHO)宣布,新冠病毒疫情的全球性爆发为"国际关注的突发公共卫生事件(PHEIC)"。

走，祖国接你们回家

从曼谷出发的旅客平安抵达武汉天河机场（环球时报 崔萌 摄）

今晚，湖北武汉。从泰国曼谷出发的旅客抵达武汉天河机场。为欢迎湖北籍游客返乡，机场打出"欢迎回家，武汉加油"的暖心标语。

近日，受新型冠状病毒感染肺炎疫情影响，一些湖北特别是武汉公民滞留海外。中国政府决定尽快派民航包机把他们直接接回武汉。

危急时刻，国家的行动让人暖心，同时也让我们更加笃定——无论走到哪里，祖国永远在你身后。有强大的祖国做坚强后盾，我们定能早日战胜疫情！

（本文主要编选自中央纪委国家监委网站相关报道）

2月1日　中国·各地

◎ 2月1日，中共中央政治局常委、国务院总理、中央应对新型冠状病毒感染肺炎疫情工作领导小组组长李克强赴疫情防控国家重点医疗物资保障调度平台考察。李克强强调，全力保障医疗防控物资供应，为打赢疫情防控阻击战提供必要条件。

◎ 国家工信部统计显示：截至2月1日24时，国内生产企业累计向湖北发送医用防护服13.6万件，已抵达11.7万件；N95口罩发货13.4万只，已抵达13.1万多只；护目镜包括医用隔离面罩发送18.8万个，已运抵11万个。此外，截至2月1日，我国医用防护服日产量已达2万件，相比1月28日0时的8000件翻了一番。

希望口罩生产多点、再多点

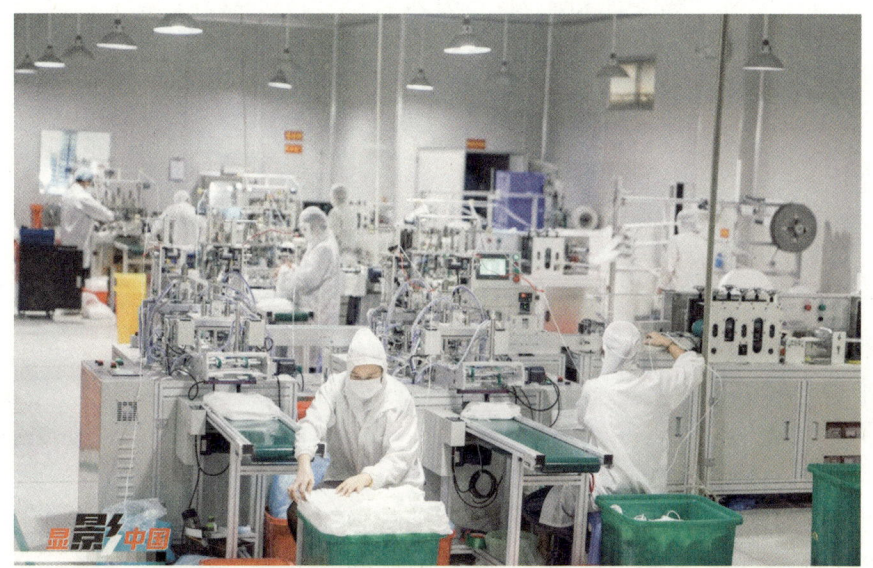

工人24小时轮班上岗,生产线满负荷高效运转……在福建漳州,多家口罩制造企业正开足马力生产,保障供给防"疫"一线使用。(新华网 肖和勇 摄)

1月24日,在《湖北日报》官方微信号上,来自武汉的18家医院请求物资紧急支援的海报整齐地排列着,这些身处抗"疫"一线的医院越过繁琐的采购流程,以这种简单直接的方式向社会"喊话":请向我们捐赠护目镜、N95口罩、防护服、防护面罩……

在平日,中国的口罩最大产能是2000万只/天,年产量约占全球的50%。但其中医用外科口罩产能是220万只,N95的产能大约是60万只,占比有限。此外,时值春节,放假工人难复工,企业产能远不及平时。

另一方面,医疗物资几乎都是一次性耗材,消耗量非常大。一名医生曾估算过如今武汉每天的物资消耗量:一家600张床位的医院,大概需要1000—1800名医务人员,按四班倒,每个时段上班的医务人员在300-500个左右。如果每四小时换一次口罩，每天消耗1000-2000个口罩，每周约7000-15000个。武汉至少有二三十家这样规模的医院，仅医务人员一周就要消耗口罩14万-30万个。

河南、河北、陕西、福建、广西、北京、上海、哈尔滨……各地的医疗物资生产企业已抓紧复工复产，工人24小时轮班上岗，生产线满负荷高效运转，希望口罩等医疗物资生产多点、再多点，快些、再快些。

2月1日起，湖北省每天有4架直升机调配医药紧缺物资飞往全省4个区域。（影像中国 王虎 摄）

（本文主要编选自第一财经等相关报道）

2月2日 中国·武汉

◎ 经中央军委主席习近平批准，军队抽组1400名医护人员于2月3日起承担武汉火神山新型冠状病毒感染肺炎专科医院医疗救治任务。

◎ 2月2日，中共中央政治局常委、国务院总理、中央应对新型冠状病毒感染肺炎疫情工作领导小组组长李克强主持召开领导小组会议，部署部分省份因防控工作需要灵活安排工作、进一步做好疫情防控和市场保供，加大对湖北省特别是武汉市及周边重点地区医疗防控物资支持力度。

◎ 按照中央军委命令，空军2日凌晨出动8架大型运输机，分别从沈阳、兰州、广州、南京起飞，向武汉紧急空运795名军队支援湖北医疗队队员和58吨物资，上午9时30分全部抵达武汉天河机场。这是继汶川、玉树抗震救灾之后，空军参与非战争军事行动同时出动大型运输机数量最多的一次。

◎截至2月2日20时,已有来自国家卫健委、国家中医药管理局、中国中医科学院及29个省(区、市)和军队的68支医疗队、8310余名医疗队员来到湖北。

10天，火神山

1月24日至2月2日，武汉火神山医院从开始设计到建成完工。（新华社 肖艺九 摄）

2月2日上午，历时10天，武汉蔡甸区知音湖畔的火神山医院完工，正式交付给联勤保障部队。

从空中俯瞰,火神山两栋住院楼,整体呈中间医护、两边病房的"鱼骨状"布局。"主鱼骨"是中间的长走道,功能为医护人员通道和办公区域。走道连接"次鱼骨"的9个病房区,在走道里可步行至任何一间病房。

作为一所传染病医院,火神山医院大到房间的结构布局,小到一个下水管道,在各项防护措施方面,近乎苛刻。

——分区严格隔离。通过设置清洁区、半污染区、污染区及医护人员专用通道和病人专用通道的布置方式,严格避免交叉感染。医疗区与生活区同样严格隔离。医护人员进出病区设置包括风淋在内的专用卫生通过设施,最大限度地保护医护人员的健康安全。

——病房带上"口罩"。离地面架空30厘米的每间病房,放置两张病床,均设有独立的卫生间。两扇窗户和通道组成的专用隔离防护窗,用于药品和食品的传递。医院绝大部分房间都是负压房间,房间内的压力比外面低,如同给病房带上"口罩",避免病毒随着气流产生交叉感染。

——污染集中处理。医院铺设了5万平方米的防渗膜,覆盖整个院区,确保污染物不会渗透到土壤水体中。同时医院安装了雨水、污水处理系统,经过两次氯气消毒处理,达标后才可排放。所有房间排风均经过消毒杀菌及高效过滤达标后,才高空排放。

只有10天时间,这些都是怎么办到的?

铺设碎石、压实基础、开挖基槽……按正常流程,工期节点按天算。在火神山,一切节点都得以小时,甚至以分钟计算。极限的工期要求,现场设计、施工、监理人员一齐守在现场,边设计、边施工、边修改、边调整。

工地上,到处是车,到处是人。白天,机器轰鸣、人声鼎沸;入夜,灯光如昼、焊花四闪。最高峰时,工地上有7000多名工人,

800多台挖掘机、推土机等设备同时作业。上一个单位刚完成场地铺沙，下一个单位马上进场铺防渗膜，后面铺设活动板房基脚的单位还在催促。

"火神山项目是在极度压缩的时间、压缩的空间内，展开的一场战役。"火神山建设指挥部一位负责人说，"没别的，就是豁出去，干！"

每个工人、每台装备，就像一颗颗螺丝钉、一个个零部件，紧密扣在一起，驱动着这台巨型机器，迅速搭建起一座抗击疫情的"安全岛屿"。

火神山医院完工了。工人、设备将第一时间转战，前往同样收治疫情感染患者的雷神山医院，继续另一场生死竞速。

（本文主要编选自新华社《"火神"战瘟神》等相关报道）

2月3日 中国·云南

◎ 2月3日,中共中央政治局常务委员会召开会议,听取中央应对新型冠状病毒感染肺炎疫情工作领导小组和有关部门关于疫情防控工作情况的汇报,研究下一步疫情防控工作。中共中央总书记习近平主持会议并发表重要讲话,强调:做好疫情防控工作,直接关系人民生命安全和身体健康,直接关系经济社会大局稳定,也事关我国对外开放。我们要按照坚定信心、同舟共济、科学防治、精准施策的要求,切实做好各项防控工作,同时间赛跑、与病魔较量,坚决遏制疫情蔓延势头,坚决打赢疫情防控阻击战。

◎ 2月3日晚,武汉市新型冠状病毒感染的肺炎疫情防控指挥部通报,武汉市将在武汉国际会展中心、洪山体育馆和武汉客厅建设"方舱医院",用于收治新型冠状病毒感染的肺炎轻症患者,计划提供3800张医疗床位。

22 吨香蕉，感恩味的

数十辆满载香蕉的摩托车在山路上行驶，这是云南河口 93 户村民向湖北捐赠的 22 吨香蕉。（澎湃新闻 刘恒 摄）

  云南省红河州河口县莲花滩乡石板寨村坡头小组，一个紧邻边境的小山村，距湖北黄石市约 1800 公里。全村共 93 户，有 47 户为建档立卡贫困户，贫困人口已于 2018 年全部脱贫。

  香蕉是村民们赖以生存的支柱产业。得知湖北多地由于疫情防控可能导致水果等生活物资供应短缺的消息后，村民们组织捐赠了 22 吨香蕉，用摩托车一点点运下山去。

  另一边，在国家级贫困县河南嵩县的闫庄乡竹园沟村，村民们自发组织，给武汉捐献了十万斤大葱。因为联系不到专业的刨葱机器，300 多个村民用手生生硬拔了三天，凑了十万斤，一卡车。

  河南大葱抵达武汉的这天，汶川蔬菜也"出征"了。

  2008 年汶川地震发生后，汶川县 100 多名伤者被送到武汉市多家医院，接受免费救治。在武汉市各大医院大夫们的精心照料下，所有伤者无死亡、无感染、无后遗症。

这次疫情发生后，四川阿坝州汶川县三江镇龙竹村村民们也想为武汉贡献一份力量。

6辆卡车，100吨新鲜蔬菜，12个村民日夜兼程，驾车26个小时驰援武汉！6辆卡车上都贴着一句话：汶川感恩您，武汉要雄起！

在铺天盖地的消息里面，这几则事情可能并不十分显眼，捐赠的物品价值也不十分巨大，但这却是他们能拿出的最好的东西，也是他们向国家、向社会回馈的沉甸甸的感恩。

（本文主要编选自《人民日报》、中央纪委国家监委网站等相关报道）

2月4日 中国·广西

◎ 2月4日，中共中央政治局常委、国务院总理、中央应对新型冠状病毒感染肺炎疫情工作领导小组组长李克强主持召开领导小组会议，部署提高湖北武汉收治率治愈率、降低感染率病死率措施，进一步做好医疗资源和生活物资保障供应。

◎ 2月4日上午9时许，首批患者陆续从武昌医院、汉口医院等多家定点医院转入武汉火神山新型肺炎专科医院，标志着这所专科医院开始收治新型冠状病毒感染肺炎的确诊患者。

◎ 2月4日，国家紧急抽调来自20个省大型三级综合医院的医学救援队、3个移动P3实验室和2000名专业护理人员，已全部抵达武汉，明天开始收治患者。

这些一线的守门人,请配合他们

在广西柳州东高速公路收费站出口,兰妮对入城车辆司乘人员进行体温检测。
(新华社 黎寒池 摄)

今天是2月4日,也是中国的二十四节气之首,立春。老话儿说:立春有三候,一候东风解冻,二候蛰虫始振,三候鱼陟负冰,预示着一年中最寒冷的时光终将随着送暖的东风缓缓而去。

今天,35岁的兰妮和医院里的其他6名医生护士志愿者来到广西柳州东高速公路收费站出口,与交警、道路运输部门的工作人员并肩工作,负责对入城车辆司乘人员进行体温检测。这几日的柳州一直阴雨不断,他们在寒风冷雨中分批次值守在收费站,一个班次8小时的时间里几乎全程站立,但也没有人多说什么。

兰妮在广西柳州市工人医院工作,曾是一名临床主治医师的她,两年前从临床一线进入医院医保科工作。1月27日,柳州市工人医院下发通知，招募新型冠状病毒感染的肺炎疫情防控志愿者，在1天的时间里接到了全院1345个人报名，兰妮便是其中之一。

而他们，也只是中国防疫一线诸多健康"守门人"之一。

为进一步防止疫情扩散，各地迅速行动，对车站、超市、菜市场等人员聚集地加强防控，对来访人员进行体温检测，确保更多人的出行安全。

积极配合他们，既是对工作人员辛勤付出的尊重，也是对自己和他人健康的负责。

（本文主要编选自新华网、中央纪委国家监委网站等相关报道）

中国战"疫"日志

2月5日　中国·北京

◎2月5日，国家主席习近平在北京人民大会堂会见柬埔寨首相洪森。习近平指出，当前，中国政府和人民正在全力抗击新型冠状病毒感染肺炎疫情。患难见真情。在这个特殊时刻，柬埔寨人民同我们站在一起。西哈莫尼国王和莫尼列太后专门向我们表达慰问和支持，首相先生更是多次力挺中方，今天又特意来华访问，体现了牢不可破的中柬友谊和互信，诠释了患难与共这一中柬命运共同体的核心要义。

◎2月5日下午，中共中央总书记、国家主席、中央军委主席、中央全面依法治国委员会主任习近平主持召开中央全面依法治国委员会第三次会议并发表重要讲话。他强调全面提高依法防控、依法治理能力，为疫情防控提供有力法治保障。

◎2月5日，国务院总理李克强主持召开国务院常务会议，要求切实做好疫情防控重点医疗物资和生活必需品保供工作，确定支持疫情防控和相关行业企业的财税金融政策。

◎2月5日，位于江汉区、武昌区、东西湖区的3家"方舱医院"正式启用，陆续开始接收新型冠状病毒感染的肺炎患者入住。

我不是病毒,我是人类

姜啸站在佛罗伦萨的街头,等待一个拥抱。

2月5日的北京,迎来一场大雪,也迎来一位老朋友。

柬埔寨首相洪森说,在此特殊时候来华,就是为了"展示柬埔寨政府和人民对中国政府和人民抗击疫情的大力支持"。2月4日,他在韩国参加世界和平联盟峰会时还特别强调:"新冠肺炎不仅是中国的问题,也是世界的问题。"

"患难见真情。"今天在人民大会堂会见洪森首相时,习近平主席动情地讲了这样一句话。

洪森首相回应,柬埔寨人民同中国人民坚定地站在一起,患难与共,共克时艰,是真正的"铁杆朋友"。

前两天,佛罗伦萨市长纳德拉在社交网络上发起名为"拥抱一个中国人"的倡议,表达对中国的支持。他称这是一场共同的战斗,谴责那些借此机会排外的"心理恐怖主义"行为。

同样是在佛罗伦萨,温州籍华侨姜啸走上街头,戴上口罩,蒙住眼睛，沉默地站在路边，他身边放着的纸牌上写着"我不是病毒，我是人类，不要对我有歧视。"

当第一个人上来拥抱姜啸后，越来越多的人上前去拥抱他。令姜啸印象最深刻的是最后一个拥抱。

"有个男孩子走到我身边问：'我能不能帮你摘掉口罩和眼罩？'我说，如果你同意我写的那些话，当然可以。然后他就帮我摘掉眼罩和口罩，抱住了我。拿掉眼罩时，我才看见原来有好多人围着我们，在他拥抱我的时候，大家都鼓掌了。"

谢谢你们的拥抱

（本文主要编选自新华网、《北京青年报》等相关报道）

2月6日　意大利·米兰

◎ 2月6日晚，国家主席习近平应约同沙特国王萨勒曼通电话。习近平指出，疫情发生以来，中方举国行动，全国上下一心，全力应对，采取了最彻底、最严格的防控举措，打响了一场疫情防控的人民战争。目前，我们的防控工作正在取得积极成效。中国有强大的动员能力，有应对公共卫生事件的丰富经验，有信心、有能力打赢这场疫情防控阻击战。中方采取的强有力措施，不仅在对中国人民健康负责，同时也是对世界公共安全的巨大贡献。中方将继续本着公开、透明的态度，同包括沙特在内的各国一道，共同有效应对疫情，维护世界和地区公共卫生安全。萨勒曼表示，沙方高度赞赏中国政府为应对疫情采取的有力措施，相信中国一定会取得抗击疫情的胜利。

◎ 2月6日，中共中央政治局常委、国务院总理、中央应对新型冠状病毒感染肺炎疫情工作领导小组组长李克强主持召开领导小组会议，部署进一步有针对性加强疫情防控工作，要求有序做好恢复生产保障供应工作。

"这一定是史上最长的单人行李托运单"

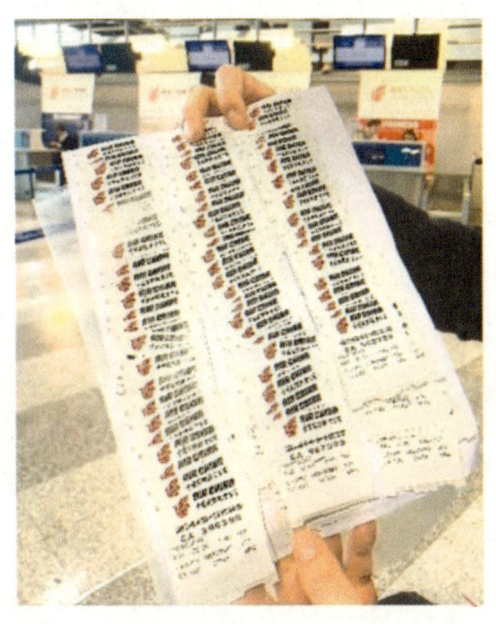

图为傅勇克的托运行李单,长长的托运单背后,是海外侨胞对祖国、对家乡的挂念和深情。

前几日,得知家乡疫情日趋严峻,防护物资紧缺,意大利米兰的一些温州文成籍侨领连夜奔走,想方设法寻来10万只口罩与2000件防护服等物资。

为以最快的方式将物资送到中国,他们将其打包成110件行李,由侨胞傅勇克搭乘米兰到温州的最后一班航班,"人肉"带回。

"这一定是史上最长的单人行李托运单!"看到物资成功到达后,此次捐赠活动的组织者之一赵建斌在朋友圈上传了送机时拍下的托运单照片,并写下这样一句感慨的话。

在这场突如其来的疫情面前,没有旁观者和局外人,每一个中国人都是抗击疫情的主角。

看到抗疫物资短缺，无论外出的游客，还是身居海外的华人华侨，纷纷想方设法筹集物资。他们有的跑遍大街小巷的药店寻购，有的千方百计通过医生朋友的渠道收集，还有的直接找批发商或联系厂家拿货。

　　筹集到物资后如何运送回国也是问题。快递手续繁琐，运送周期长，最好的方法便是"人肉"送回。于是，有人丢掉衣服、腾出行李箱，只为多带点口罩回来；有人在社交媒体发布"求助信"，多方寻找志愿托运物资的回国者。

　　有网友晒图称，"第一次看到整个飞机的前部机舱坐的不是客人，而是一箱箱口罩。"更有网友感叹，"看到中国人如此团结，此生不悔入华夏"。

　　为保障这些漂洋过海来的物资能尽快运达疫情防控一线，中国各地海关也纷纷开通疫情防控物资绿色通道，对口罩、消毒用品、救治器械等各类急需防控物资第一时间登记放行，实现防控物资通关"零延时"。

从肯尼亚首都内罗毕飞往广州的 CZ634 航班，前部机舱的每一个座位上整齐摆放着一箱箱医用物资。

（本文主要编选自中央纪委国家监委网站相关报道）

2月7日 中国·武汉

◎ 2月7日上午,国家主席习近平应约同美国总统特朗普通电话。习近平强调,新冠肺炎疫情发生以来,中国政府和人民全力以赴抗击疫情。我们全国动员、全面部署、快速反应,采取了最全面、最严格的防控举措,打响了一场疫情防控的人民战争。有关工作正在逐步取得成效,我们完全有信心、有能力战胜疫情。中国经济长期向好发展的趋势不会改变。

岂曰无衣，与子同袍

2月7日，四川大学华西医院派出131名队员出发奔赴武汉支援。（新华社／图）

空荡荡的武汉天河机场，四川大学华西医院和山东大学齐鲁医院的医疗队相遇了。医生们远远喊话：

"你们是哪个医院的？"

"华西医院的！"

"我们是齐鲁的！我们一起！"

上一次两家医院相遇，还是在1937年。抗日战争时期，齐鲁医学院搬到四川，与华西医学院一起办学办医。转眼83年，当新的战"疫"来了，他们再次重逢。从今天开始，他们将共同接管武汉大学人民医院东院区。

除了"华西"和"齐鲁"，"协和"、"湘雅"两家王牌医院也已出征！

今天下午，中南大学湘雅医院第三批援鄂国家医疗队130人北上援鄂，将接管武汉协和医院西院区重症病房。这是湘雅医院执行医疗援助使命规模最大、规格最高的一支医疗队。而另一边，北京协和医院第二批142名队员援鄂抗疫国家医疗队已经飞抵武汉。

"北协和、南湘雅、东齐鲁、西华西"，中国医疗界的"四大天团"会师武汉。

不仅仅是他们。

今天，北京大学三家综合附属医院再次闻令而动，334名白衣战士，900多件行李物资，集结出发，驰援武汉。

还是今天，中山大学附属第一医院再派131名精兵强将组成"特战队"奔赴武汉，医疗队将支援武汉协和医院西院区。

一天之内，12支医疗队，2043名医疗队员，36吨医疗物资！他们来自北京、上海、广东、吉林、山东、四川、湖南……

"岂曰无衣，与子同袍。"这一刻，中国人有一个共同的名字：武汉人！一方有难、八方支援，同舟共济、众志成城，这就是中国精神、中国力量。

（本文主要编选自《人民日报》、新华网等相关报道）

2月8日　塞尔维亚·贝尔格莱德

◎ 2月8日下午，国务院联防联控机制召开新闻发布会，会上通报了国家卫生健康委关于新型冠状病毒肺炎暂命名事宜的通知：现决定将"新型冠状病毒感染的肺炎"暂命名为"新型冠状病毒肺炎"，简称"新冠肺炎"，英文简称"NCP"。

◎ 2月8日，武汉雷神山医院正式交付，为武汉新增1600张床位，用于收治新冠肺炎重症和危重症患者。武汉雷神山医院于1月27日开工建设，按照规划，医院建筑面积7.99万平方米，设立两个重症医学科病区、三个亚重症病区及27个普通病区。

◎ 截至2月8日下午6点，各级财政共安排疫情防控资金718.5亿元，实际支出315.5亿元。其中，中央财政共安排172.9亿元。

不同的战场，同样的坚守

"中国加油、武汉加油"——比赛中，中国女篮队员在球鞋上写下这样的字迹。（新华社／图）

今天，在塞尔维亚贝尔格莱德举行的2020年东京奥运会女篮资格赛上，中国女篮以64∶62击败西班牙队，获得小组两连胜，提前一轮进军东京奥运会。

"在逆境中取得成功，是因为我们有一种坚定的信念和决心。全国人民需要这样坚定的信念，去战胜和克服疫情！"主教练许利民说。

赢得胜利后，女篮姑娘们现场大喊"武汉加油！中国加油！"，呐喊声响彻赛场，振奋人心。

在赛前，中国女篮进行更衣室动员，女篮队内特聘的心理教练黄菁率先作了一段激情澎湃的发言，他说："当需要一个人站出来时，那叫勇敢；当一个团队挺身而出时，那叫担当；当一个国家身处逆境呼唤一种精神时，那就是使命，就是信念，就是一往无前。今天不仅仅是一场比赛，更是一场跨越时空的能量传递。我们要打出中国女篮的精气神,敢打硬仗,遇强则更强!"

随后,女篮球员们聚在一起,在助理教练贾楠的带领下齐声高喊——

"球场如战场,上场就得拼和抢。"

"拼的是什么?"

"防守!"

"抢的是什么?"

"篮板!"

"我们是谁?"

"中国女篮!"

"为了谁?"

"祖国!"

在武汉大学中南医院重症隔离病房,医护人员相互加油鼓劲。(新华社 熊琦 摄)

(本文主要编选自央视新闻、央视体育、长安街知事等相关报道)

2020中国战"疫"日志

2月9日 中国·重庆

◎ 2月9日，中共中央政治局常委、国务院总理、中央应对新冠肺炎疫情工作领导小组组长李克强赴中国医学科学院病原生物学研究所，考察疫情防控科研攻关，慰问一线科研人员。李克强强调，在有力防控的同时有效开展药物攻关，科学精准打赢疫情防控阻击战。

◎ 2月9日，世界卫生组织总干事谭德塞通过社交媒体，向抗击新冠肺炎疫情的中国医护人员致敬。"我向在中国的医护人员、特别是在湖北省的医护人员致敬。他们在巨大压力之下，不仅在照顾（新冠肺炎）患者，还在为针对新冠病毒的科学分析搜集数据。全世界感激你们为找到最好的治疗办法和防止病毒蔓延所作的努力。"

◎2月9日，全国10余省份近6000人组成的多支医疗队乘坐41架次民航包机陆续抵达武汉天河机场，驰援湖北。这是疫情发生以来，湖北机场迎接保障医疗队人数最多的一天。此外，来自俄罗斯等国的328.1吨防疫物资也同日抵达。

离病毒最近的人

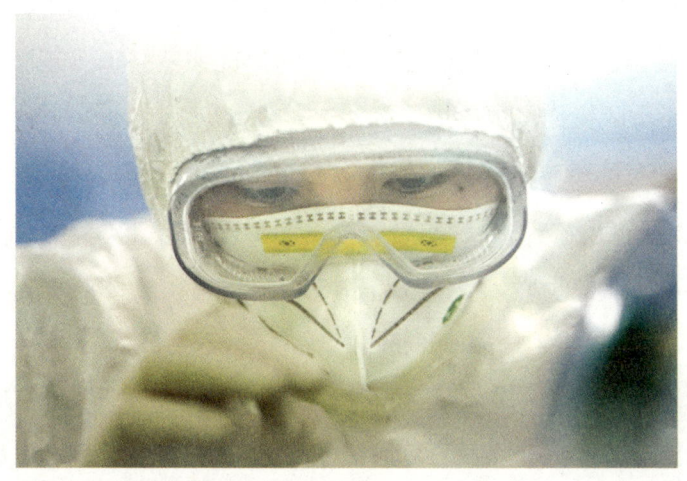

武汉金域医学公司核酸检测实验室。这里的检测人员每天三班倒，每日检测来自武汉、荆门、荆州、孝感、天门、黄冈等地采集的2000多份样本。（新华社 程敏 摄）

上午8点，重庆巴南区疾控中心核心试验区域，安静又严肃。按照生物安全三级防护，检验人员陈小玲、雷小念穿戴好个人防护装备——首先是消毒，戴上双层手套，穿上一次性连体防护服；然后依次戴上N95医用口罩、护目镜、帽子，穿上鞋套；最后拉上防护服的拉链，再检查防护服是否穿好。

"与可能含有新型冠状病毒的标本'亲密接触'，个人防护必须做好。"雷小念说，在所有防护准备完成后，检验人员才可以进入实验室。

核酸检测的第一步是标本制备，即提取核酸，这一步是在特定的安全柜里完成的——全外排生物安全柜，这种安全柜是保障实验室安全最重要的核心。

采集有新型冠状病毒疑似病例的鼻咽拭子标本被装在15毫升的外螺旋管里，为防止采样管出现突发状况，雷小念在外螺旋管外套了三层塑料袋，然后放到旋涡振荡器上，进行旋涡振荡，目的是将样品充分混匀。

这是关键的一步，也是最危险的一步。因为在过程中，样品会产生气溶胶，一旦防护不到位，就容易造成职业暴露。正因如此，雷小念手上的操作也更谨慎了。

检测人员所有的操作都在生物安全柜内，打开样品产生的飞沫全部被强风力吸纳，经过两层高效滤网后排出室外。即便如此，室外的排风口需要隔离，避免人员接触。

样品在混合均匀后将加入核酸自动提取试剂盒中，静置一段时间，让样本和试剂充分作用，裂解病毒，再用核酸提取仪提取病毒核酸。

当这一步结束，也就意味着最危险的核酸提取结束。

为防止二次污染，另外两位同事将对试验区域进行消毒处理。此时，雷小念也脱下三级防护装备，更换上二级防护装备，开始配置核酸检测反应体系，并将配置后的反应体系放入实时荧光PCR仪器中进行核酸扩增反应检测。

大约3个小时后，检测结果即可出来。如果是阳性，会有一条S型曲线，如果是阴性，则没有曲线。对于阳性标本，他们还会更换检测试剂，进行重复二次检测，进一步验证检测结果。

那检测后的样品怎么处置呢？阳性的样品要上报CDC(疾控中心)复检。阴性的虽然未检出，但是会按照医疗废弃物进行高温高压消毒后，再装入特制的垃圾袋，然后称重、装箱、封装，再由专业的医疗废弃物处理公司集中运输到专业的地点进行焚烧处理。

(本文主要编选自《重庆日报》文章
《本报记者探访核酸检测实验室，看新型冠状病毒如何被捕获》相关报道)

2月10日　中国·武汉

◎ 2月10日，中共中央总书记、国家主席、中央军委主席习近平在北京调研指导新型冠状病毒肺炎疫情防控工作时强调，当前疫情形势仍然十分严峻，各级党委和政府要坚决贯彻党中央关于疫情防控各项决策部署，坚决贯彻坚定信心、同舟共济、科学防治、精准施策的总要求，再接再厉、英勇斗争，以更坚定的信心、更顽强的意志、更果断的措施，紧紧依靠人民群众，坚决把疫情扩散蔓延势头遏制住，坚决打赢疫情防控的人民战争、总体战、阻击战。

◎ 2月10日，中共中央政治局常委、国务院总理、中央应对新冠肺炎疫情工作领导小组组长李克强主持召开领导小组会议，部署进一步增加重点医疗防控物资生产供应，加强医务人员调配和药物研发等工作。

◎ 2月10日，中国科研团队宣布，最新研发的新型冠状病毒的疫苗已经开始动物试验。

白衣战袍,向死而生!

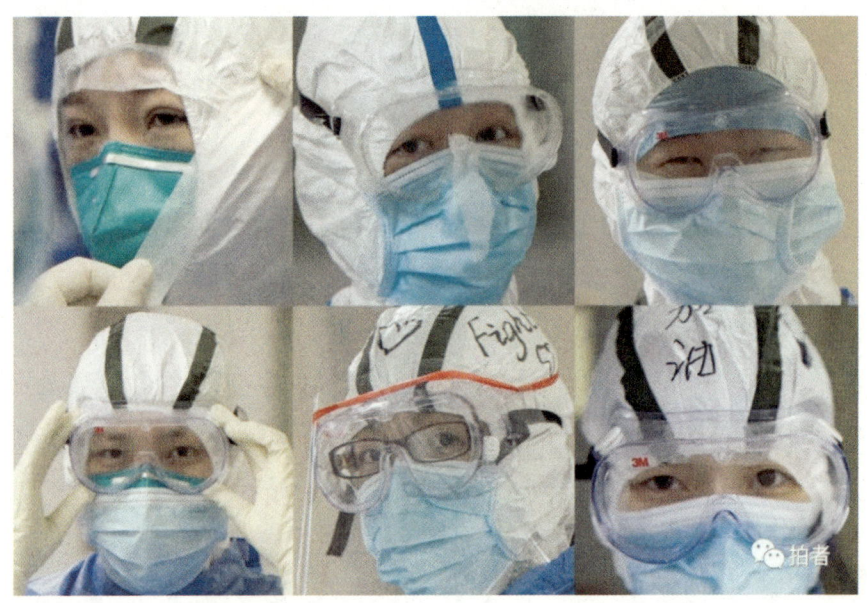

截至目前,来自全国各地近2万名医护人员在湖北一线战斗,请记住这一张张真实的面孔,他们是中华民族的脊梁。(新京报/图)

今天,在地坛医院远程诊疗中心,习近平总书记通过视频连线武汉市收治新冠肺炎患者的金银潭医院、协和医院、火神山医院。他向疫情防控一线的医务工作者、干部职工和人民解放军指战员了解情况、听取意见和建议。

他说:"现在疫情防控正处于胶着对垒状态,广大医务工作者一定要坚持下去,发扬特别能吃苦、特别能战斗的精神,发挥火线上的中流砥柱作用,始终把人民群众生命安全和身体健康放在首位,全力以赴救治患者,打好武汉保卫战、湖北保卫战。"

悬壶入荆楚,白衣作战袍。

在武汉金银潭医院,这个最早集中收治新冠肺炎患者的地方,院长张定宇是与时间赛跑的人。

在抗"疫"期间,张定宇始终坚守在疫情防控最前线。同事们说,平时上下楼必须抓紧扶手、慢慢挪步的张定宇,这些天里,"他拼的时候,我们跟不上他"。

"性子急,是因为生命留给我的时间不多了。"张定宇说,"我是一个渐冻症患者,双腿已经开始萎缩,全身慢慢都会失去知觉。我必须跑得更快,才能跑赢时间,把重要的事情做完;我必须跑得更快,才能从病毒手里抢回更多的病人。"

一袭白衣,有怎样的魔力,能让一个人不惧生死?

"我只想着尽快让病人有呼吸,没时间考虑自己会面临多大风险。救人要紧,这是我们的职责。"在武汉金银潭医院支援的东南大学附属中大医院重症医学科副主任医师潘纯坦言。

"我们当大夫的,一天到晚面对生死,也看淡生死。但看到还有一些病人救不过来,真的感到很崩溃。"武汉市第六医院呼吸与危重症医学科副主任朱紫阳眼中有泪。

而当有同行问要不要立遗嘱时,浙江大学医学院附属邵逸夫医院呼吸内科主任医师吴晓虹回了一句:向死而生。

"健康所系,性命相托",医者仁心,向死而生!白衣战袍在用自己的生命践行着这个至高至纯的誓言。

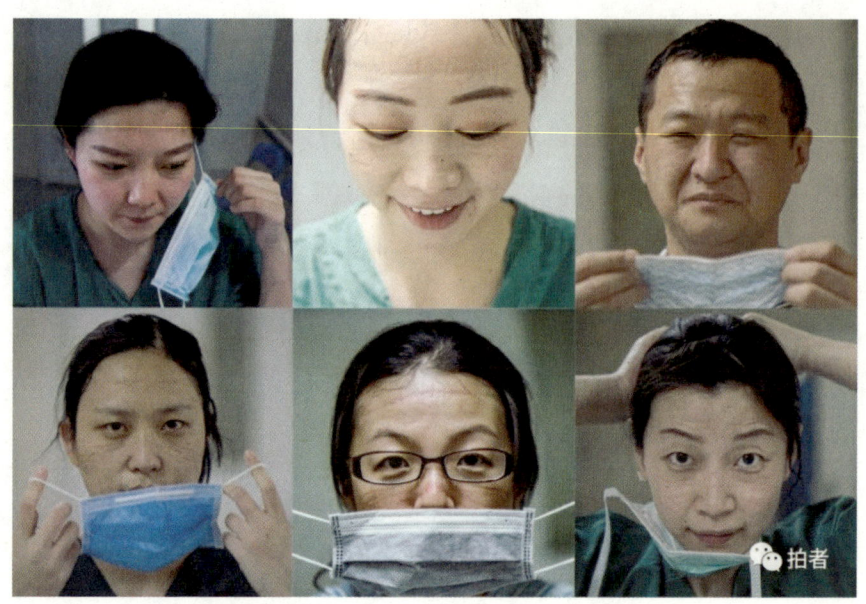

文中和镜头里的这些医护人员只是战"疫"医护大军中最普通的几位,摘下口罩的那一刻,他们满是勒痕的脸让人心疼。(新京报/图)

(本文主要编选自《人民日报》、新华社、《钱江晚报》等相关报道)

2月11日 中国·武汉

◎ 2月11日晚，国家主席习近平应约同印尼总统佐科通电话。习近平指出，当前中国正处于抗击新冠肺炎疫情的重要关头，总统先生同我通话，体现了印尼作为全面战略伙伴对中方的情谊和支持，感谢印尼朋友给予中国的信任和理解。佐科表示，值此中国抗击疫情的困难时刻，印尼作为中国的真诚伙伴，将始终坚定同中国人民站在一起，同中国人民共同努力尽快战胜疫情。

◎ 2月11日晚，国家主席习近平应约同卡塔尔埃米尔塔米姆通电话。习近平指出，在中国抗击新冠肺炎疫情的关键时刻，卡方多次表达对中方的支持，并通过卡塔尔航空网络为中方运输抗疫物资提供帮助，中方对此深表感谢和赞赏。经历考验的患难真情让中国人民深受感动。塔米姆表示，卡方高度赞赏中方采取的强有力措施，我完全相信，中方有能力、有把握尽快战胜疫情，克服眼前困难，祝中国取得成功。

◎2月11日，国务院总理李克强主持召开国务院常务会议，进一步部署在全力以赴抓好疫情防控同时，加强经济运行调度和调节，更好保障供给。

◎2月11日晚，湖北省疫情防控指挥部最新统计数据显示，当天全国各地12支医疗队共1493名医疗队员抵达湖北，支援疫情防控工作。至此，全国共派出178支医疗队、21618名医疗队员支援湖北。

在苦难之中寻找生的力量和心的安宁

方舱医院里,身着防护服的护士为患者领舞。(新华社 熊琦 摄)

挥动着一张"出院证明",56岁的李卫新步伐轻快。

"我出舱啦!"他向医护人员们致意,转身大步走向前来迎接的社区工作人员。手中那份"出院证明"上,醒目地标注着一行字——经过规范治疗、专家组会诊确认,符合新冠肺炎患者的出院标准,准予出院。

今天,武汉市武昌方舱医院首批28名新冠肺炎轻症患者经过治疗出院。

方舱医院收治的是新冠肺炎的轻症患者,在这里,患者之间彼此以"舱友"相称。呼吸与危重症医学专家王辰院士说,方舱是一艘诺亚方舟,来这的都是避难的。"舱友"们患难与共。"虽然我们都是病毒的受害者,但大家依然对生活充满热爱与希望。"

"舱友"阿布回想起在方舱医院里大家第一次一起跳舞的情景还是很激动：平时用来通知及宣传防护知识的大喇叭，突然放起了音乐，病友们一个接一个从床上起身，从犹犹豫豫地走去围观，再到慢慢跟着节拍晃动身体，看着大家生疏却异常认真的舞姿，录着视频的阿布一下子没忍住，笑了，然后哭了。

一曲结束，阿布注意到"舱友"们的脸上都露出了久违的笑容。平时沉闷的气氛，被笑声和交谈声打破，交流中也发现大家对战胜疾病更加乐观，觉得离"胜利又近了一步"。

前几日，在刚刚启用的武汉国际会展中心方舱医院里，众声嘈杂中，一位患者躺在病床上安静地看书，他正在读的是《政治秩序的起源：从前人类时代到法国大革命》。随着这张照片由社交网络传到国外，这本书的作者弗朗西斯·福山也在推特上转发了这条新闻。

在灰暗的时刻，依然保持着对知识的渴求、对未来的畅想。灰白的空间内，一个平静的阅读者，用他面对灾难和生命的态度，绽放出无限的生机。

也许正如《鼠疫》的作者加缪所说："真正的救赎，并不是厮杀后的胜利，而是能在苦难之中找到生的力量和心的安宁。"

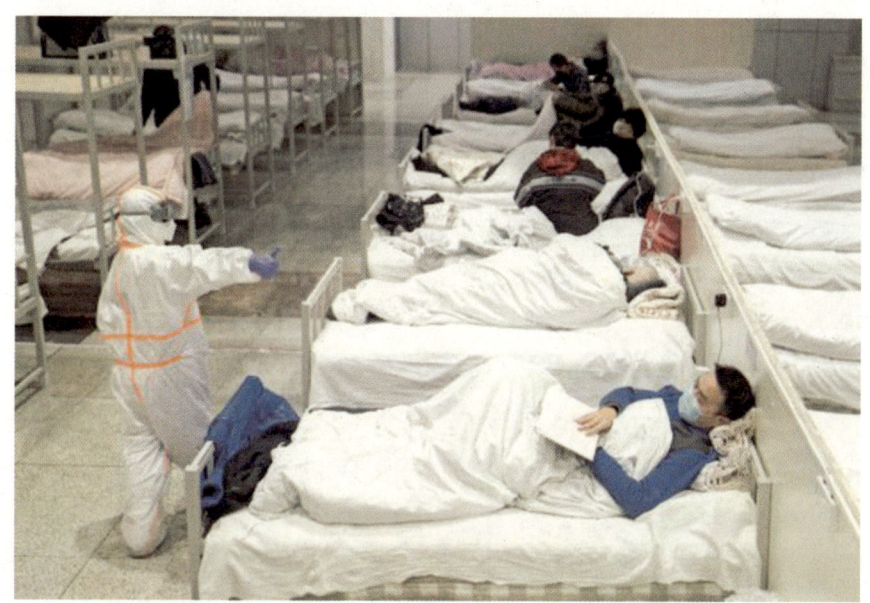

一位患者躺在病床上安静地看书,一旁经过的协和医院护士向他竖起大拇指。
(湖北日报 柯皓 摄)

(本文主要编选自新华社、澎湃新闻等相关报道)

2月12日　中国·武汉

◎ 2月12日，中共中央政治局常务委员会召开会议，听取中央应对新型冠状病毒感染肺炎疫情工作领导小组汇报，分析当前新冠肺炎疫情形势，研究加强疫情防控工作。中共中央总书记习近平主持会议并发表重要讲话。他指出，新冠肺炎疫情发生以来，我们始终坚持把人民群众生命安全和身体健康放在第一位，按照坚定信心、同舟共济、科学防治、精准施策的总要求，全面开展疫情防控工作。他强调，当前，疫情防控工作到了最吃劲的关键阶段，要毫不放松做好疫情防控重点工作，加强疫情特别严重或风险较大的地区防控。

◎ 2月12日（当地时间2月11日），世界卫生组织总干事谭德塞宣布，将新型冠状病毒感染的肺炎命名为"COVID-19"（Corona Virus Disease 2019）。与此同时，国际病毒分类委员会声明，将新型冠状病毒命名为"SARS-CoV-2"（Severe Acute Respiratory Syndrome Coronavirus 2）。

◎截至 2 月 12 日，国内生产企业累计向湖北运抵医用防护服 72.67 万件，医用隔离面罩和隔离眼罩 35.84 万件，负压救护车 156 辆，呼吸机 2286 台，心电监护仪 6929 台，全自动红外测温仪 761 台。

总有人站在你身后

雷莉华在打电话协调社区内的各项任务（新华社 李贺 摄）

雷莉华是武汉市江岸区永清街道沈阳社区党委书记，做起事来雷厉风行。

沈阳社区是武汉汉口地区的老旧小区，20世纪三四十年代的老建筑依然原汁原味地矗立在辖区内，这里老年人和流动人口众多。为了能够精准服务居民，近3000户的家庭被网格化为4个区域展开管理；17个进出口被垃圾桶、铁丝等"物理封闭"；每个进出口配备专人测量体温、分发蔬菜等生活物资……

从2月2日开始，武汉大力推动对"四类人员"的集中收治和隔离——对确诊患者无条件集中收治，对疑似患者实行集中隔离治疗，对发热患者和密切接触者实行集中隔离观察。一周多以来，雷莉华已带领社区干部监测、上报了67位"四类人员"，并把他们全部转运到了收治医院和隔离点。

今天上午，社区又新增了1例新冠肺炎确诊病例、2例疑似病例。雷莉华每隔几分钟就要接听工作电话，她在患者家属、社区、街道、定点医院、方舱医院中来回沟通，希望当天让患者得到收治。

社区工作繁琐却又至关重要，直接面对社会每一个最小单位的需求和困苦。在非常时期，社区工作人员更是居民身后坚强的后盾和依靠。雷莉华每天都会接到无数的电话，电话那头常常是无助的老人和因疫情而担忧的居民，雷莉华需要耐心地答疑解惑、安抚情绪，避免让焦虑的情绪蔓延和扩散。

"也算不上什么成绩，就是把居民的小事当成大事来做。疫情当下，最有成就感的是为患者、居家群众解决他们的需求，我也找到了存在感！"雷莉华在久违的阳光下展露笑颜。

从1月20日到现在，雷莉华没有休息一天，手机24小时待机。常常到了夜幕低垂，她已经声音沙哑、疲惫不堪。但是，相比许多与亲人隔离的抗疫一线工作人员来说，雷莉华也是幸福的。

无论几点，雷莉华爬上八楼，推开家门，总有消毒干净的屋子、热乎的饭菜在等他。"有时候回家稍微早点，老公会给我打一盆洗脚水，还给我捶捶背。不仅做饭洗衣，还要照顾好放寒假回家的儿子和年迈的公公，老公是我坚强的后盾。"

（本文主要编选自新华社
《"居民的小事就是我的大事"——武汉一位社区女干部速写》相关报道）

2月13日　中国·武汉

◎ 2月13日晚，国家主席习近平应约同马来西亚总理马哈蒂尔通电话。习近平指出，总理先生是中国人民的老朋友，在当前中国人民奋力抗击新冠肺炎疫情的关键时刻，总理先生提出同我通电话，体现了马方对中方的情谊和支持。马哈蒂尔表示，马方赞赏中方为应对疫情作出的巨大努力和取得的积极进展，认为这是中方作为负责任大国为维护世界公共安全作出的贡献。

◎ 经中央军委主席习近平批准，军队增派2600名医护人员支援武汉抗击新冠肺炎疫情，参照武汉火神山医院运行模式，承担武汉市泰康同济医院、湖北省妇幼保健院光谷院区确诊患者医疗救治任务。首批力量1400人于2月13日抵达武汉，并计划在第一时间展开相关医疗救治工作。

◎ 2月13日，中共中央政治局常委、国务院总理、中央应对新冠肺炎疫情工作领导小组组长李克强主持召开领导小组会议，部署进一步分级分类有效防控，要求优化诊疗、加快药物攻关科学防治。

◎ 2月13日，钟南山、李兰娟院士团队分别从新冠肺炎患者的粪便样本中分离出新型冠状病毒，这一发现证实了排出的粪便中的确存在活病毒。

方向：武汉！

空军出动运-20等运输机，向武汉紧急空运医疗队队员和物资。
（新华社 黎云 摄）

今天上午9时30分许，伴随着巨大的轰鸣声，运-20、伊尔-76、运-9共3型11架运输机，依次从乌鲁木齐、沈阳、西宁、天津、张家口、成都、重庆等7地起飞，满载着人员物资抵达武汉天河机场。

这是有着"胖妞"之称的国产运-20大型运输机首次参加非战争军事行动，也是空军首次成体系大规模出动现役大中型运输机执行紧急大空运任务。

一架架载着医护人员的包机、一架架运载着救援物资的飞机降落在武汉天河机场……今天，武汉天河机场实际执行86架次，运输总人数3708人，运送货物489.4吨，其中防疫物资28086件、350.8吨。

不仅空军出动，20余家民航连续340多个航班不间断飞行，让天河机场昼夜不息。

他们从四面八方赶来，每在空中路过一个航空管制区，空管纷纷通过无线电波，祝福飞机上的医护人员："感谢你们的付出，期待凯旋！"

硕大武汉高铁站，时下显得尤为空旷。

今天，武汉市三大火车站发送人员为"零"，而抵达武汉人员为 255 人，抵达武汉防疫物资 1729 吨，其中食品类 485.8 吨、蔬菜水果类 186.2 吨、建材机械类 1057 吨。

虽然所有正常的售票都已停止，但不时进站停靠的一趟趟高铁，有步履匆匆的驰援逆行者在此下车，诸多物资也在此卸运，发挥着高铁在特殊时期的特殊作用。截至目前，已有累计 120 多趟运送外省医疗队员的高铁抵达武汉站，2200 多名医疗人员的大件行李、8000 多箱医疗物资经武汉站转运，武汉站工作人员每天搬运的货物最高达 10 多吨。

运输，是源源不断的动力，更是保障武汉人民生活之需的关键。

还有中国的母亲河——长江，更是水上运输的"生命线"。长江航运源源不断为武汉地区"输血"，保障武汉地区的能源和重点民生物资运输。

还是以今天为例：武汉港货物吞吐量 7.8 万吨（不含集装箱），其中进港 7.16 万吨（粮食 0.21 万吨、煤炭 0.22 万吨、矿石 6.52 万吨、钢材 0.21 万吨），出港 0.64 万吨（均为钢材）。

这些，不仅仅是数字，而是为打赢"武汉保卫战"注入不竭动力的生命线。

（本文主要编选自新华社《水陆空"大通道"驰援武汉记》相关报道）

2月14日　中国·武汉

◎ 2月14日下午，中共中央总书记、国家主席、中央军委主席、中央全面深化改革委员会主任习近平主持召开中央全面深化改革委员会第十二次会议并发表重要讲话。习近平在讲话中指出，这次抗击新冠肺炎疫情，是对国家治理体系和治理能力的一次大考。要研究和加强疫情防控工作，从体制机制上创新和完善重大疫情防控举措，健全国家公共卫生应急管理体系，提高应对突发重大公共卫生事件的能力水平。

◎ 2月14日，中共中央政治局常委、国务院总理、中央应对新冠肺炎疫情工作领导小组组长李克强赴北京西站考察有序错峰返程和新冠肺炎疫情防控工作。

◎ 2月14日，中共中央政治局委员、国务院副总理孙春兰率中央赴湖北指导组来到湖北省疫情防控指挥部，深入学习贯彻疫情发生以来习近平总书记系列重要指示批示精神，落实中央应对疫情工作领导小组各项决策，进一步部署打好武汉保卫战、湖北保卫战。

◎ 2月14日，武汉市江夏区大花山方舱医院正式投入使用。这座医院将采用中西医结合、以中医为主的方式治疗病患。

◎ 2月14日，国务院联防联控机制发布会上，国家卫健委介绍，在新冠肺炎的预防和救治工作中，医护和相关的工作人员因为履行工作职责感染新冠肺炎或者是因感染新冠肺炎死亡的，明确认定为工伤，依法享受工伤保险待遇。

"新冠"时期的爱情

即将奔赴武汉的新疆医科大学第一附属医院重症监护室医护人员吕俊（左）与家人道别。（新华社 王菲 摄）

2月14日零点，寒风凛冽。汪莹鹤照旧打开车灯，开车跟在妻子后面，护送她去医院上夜班。

妻子汪晓婷是武汉市新冠肺炎定点收治医院武昌医院的儿科医生，1月23日开始就奋战在抗击疫情的最前线。担心传染家人，她坚持住在医院附近的小宾馆，每天步行上下班。

每个星期汪晓婷有3个夜班，需要凌晨出发从宾馆走去医院。担心妻子一个人走夜路危险，汪莹鹤执意要护送她上班；担心传染丈夫，汪晓婷却不肯上车。于是，他就一直在她身后慢慢开着车，用温暖的车灯陪伴着她。

即使疾病让他们暂时分开，他也竭尽所能地保护她。

此时此刻，我们不能拒绝突如其来的灾难、疾病、死亡、别离、刻骨的思念、疲惫至极、心力交瘁、自我怀疑……世间总有种种苦难。

但是，也还有爱情。

（本文主要编选自新华社相关报道）

2月15日　中国·黑龙江

◎ 2月15日，中共中央政治局委员、国务院副总理孙春兰率中央赴湖北指导组来到武汉市泰康同济医院、武汉市优抚医院，实地考察患者收治和床位准备情况，强调千方百计增强收治能力，让患者得到及时救治。

◎ 截至2月14日，各级财政已安排疫情防控补助资金901.5亿元，其中中央财政安排252.9亿元。

◎ 截至2月14日24时，全国各地共抽调了217支医疗队25633名医疗队员，军队共派出3批次4000余名医务子弟兵驰援湖北。此次全国医疗力量的调度规模和速度远超2008年汶川特大地震医疗救援。

武汉下雪了

2月14日,黑龙江省捐赠湖北3000吨粮食。(人民网 原勇 摄)

今天中午,武汉飘起鹅毛大雪,这是2020年江城的首场降雪。

在中国的最北边,那个整个冬天都是冰天雪地的地方,一群人冒着大雪出发了。

今天,黑龙江省第五批医疗队驰援湖北启程,至此黑龙江累计支援湖北医疗人员达1014人。

自疫情发生以来,从最初的几百人到现在的几千人,东北最优秀的医护人员一批批在湖北集结。雷神山、金银潭、同济医院中法新城院区……在疫情地图标记的"深红"处,到处都有东北口音。

在机场送行第三批医疗队时,黑龙江省应对新型冠状病毒感染肺炎疫情工作领导小组组长动情地说:"黑龙江与湖北虽然远隔千里,但两省人民心心相连,每年冰雪节都有大量的湖北朋友来冰城赏冰乐雪，请大家带去黑龙江人民对湖北朋友的问候，让我们相约在下个冬季，欢迎湖北朋友在明年雪花纷飞的时候，再来龙江体验北国好风光。"这句话道出了所有热诚朴实东北人的心声。

东北是中国重工业基地。东软医疗向武汉雷神山医院和华中科技大学同济医学院捐赠2700万元的高端CT设备及软件。吉林和辽宁的医疗支援，直接带去了方舱车队。

东北也是中国的粮仓。黑龙江，捐赠一出手就是3000吨粮食，大米、大豆、玉米全部慷慨相助。稻花香、长粒香，这次捐赠的大米都是新米。为了方便湖北人民食用，他们特意用10公斤以下的小袋包装。

东北的奶粉好，飞鹤乳业先后两次捐献钱款和奶粉达2亿元。

哈电集团员工筹集6万余只N95口罩捐给武汉一线医护人员。

……

有人说，东北是搬家式支援，掏家底式援助，就是倾其所有，也要把最好的、最先进的送给武汉。

(本文主要编选自新华社《咱东北人不差事儿！俺们不要热搜，干就得了！》相关报道)

2月16日　中国·湖北随州

◎ 2月16日下午，中央指导组赴湖北随州实地指导社区疫情防控，强调要坚持预防为主、关口前移，为群众守好健康之门。

◎ 2月16日，联合国秘书长古特雷斯在巴基斯坦首都伊斯兰堡说，相信中国为抗击新冠肺炎疫情所做努力将取得显著效果，他对中国抗击疫情充满信心。

◎ 2月16日，国家发展改革委发布消息，为做好新冠肺炎疫情防控工作，打赢疫情防控阻击战，国家发展改革委将继续安排中央预算内投资2.3亿元，支持武汉市方舱医院完善设施、增添必要的医疗设备以及增强收治能力。

◎截至2月15日24时，武汉、湖北、全国重症病例占确诊病例的比例均明显下降，其中武汉重症占确诊病例的比例由1月28日的最高点32.4%波动下降至2月15日的21.6%；湖北其他地市重症占确诊病例的比例由1月27日的最高点18.4%下降至2月15日的11.1%；全国其他省份重症占确诊病例的比例由1月27日的最高点15.9%下降至2月15日的7.2%。

两个细节

2月15日,在湖北随州,江西省对口支援湖北随州医疗队队员在搬运保障物资。(新华社 杨继红 摄)

今天下午,中共中央政治局委员、国务院副总理孙春兰率领中央指导组,驱车两个小时,从武汉到了200多公里外的随州。

在2月6日的《新闻1+1》节目中,主持人白岩松连线湖北省随州市市长克克。

克克说,目前还是立足于自身的资源,整合现有医护人员力量应对挑战,"我们希望得到外力支援。"

白岩松说,克克市长,您还是有点客气。"您具体说一下缺什么东西?""需不需要更大强度的支援?"

克克说,随州医用物资十分紧缺。"现有医用物资库存仅够3天使用。医用N95口罩每天消耗5500多个,医用防护服需要4000

套。由于消耗量大，目前没有稳定供应来源，医用物资非常紧缺。一线工作人员，急需防护装备。"

第二天，江西派出第一批135名医务人员抵达随州。同时，江西省支援随州团队还带来部分医用物资。市长克克在酒店迎接医疗队。

今天，中央指导组在随州有一个细节，孙春兰副总理带队看望慰问了江西医疗队的部分队员。

前两天还有个小细节。

2月14日晚上，金银潭医院副院长朱琥在湖北卫视《众志成城抗疫情》节目中透露，在该院南五病区一个病房，下午5点钟突然停电了，当时病人正在做治疗，呼吸机不能停。他们判断是断路器出了问题，迅速把电闸推了上去。

2月15日凌晨2点35分，国家卫健委医政医管局局长张宗久带着一位处长来到医院，朱琥很奇怪，半夜三更他们来医院干什么。

张宗久告诉朱琥，他们的调度会刚刚结束，他收到了孙春兰副总理打来的电话，说听说南五楼断电了，让他们来看一下医院的用电有没有保障。

（本文主要编选自《新闻联播》、澎湃新闻、新华社、《湖北日报》等相关报道）

2月17日 中国·浙江

◎ 2月17日,中共中央政治局常委、国务院总理、中央应对新冠肺炎疫情工作领导小组组长李克强主持召开领导小组会议,部署继续做好湖北省特别是武汉市医疗救治和保障,在加强疫情防控的同时推动有序复工复产。

◎ 按照中央军委命令,17日凌晨,空军出动包括国产运-20在内的3型8架运输机第四次向武汉空运676名军队支援湖北医疗队队员和一批医疗物资。

◎ 2月17日,钟南山院士表示根据现有数学模型和政府采取的有力措施,预计在2月中下旬出现峰值,4月左右全国疫情会平稳。

复工复产复日常

在杭州东站,从贵州乘坐返程专列抵达的部分外来务工人员与杭州市富阳区的接车人员合影。(新华社 黄宗治 摄)

最近几天,全国越来越多的公司开始复工,整个社会也开始重新运转。这似乎也正合每个人的愿望,在家里"憋"了快一个月,赋闲的生活久了让人倍感不适,渴望重新回到我们熟悉的日常中。

2月12日中央召开政治局常委会议,在继续指导疫情防控重点工作的同时,进一步提出要"积极推动企业复工复产"。

从2月16日开始,杭州以每天一辆列车的速度,从来杭就业人员集中的贵州、四川、安徽等部分省市开启免费专列。2月16日13时57分,全国铁路首趟定制务工人员返程专列从贵阳北站开出,近300名贵州籍外出务工人员从贵阳北站乘坐G4138次动车组列车前往杭州。第二趟专列G4391次于今天上午9点30分从成都东站驶出,专门为川籍务工人员返程而加开。

此次复工专列，由杭州市政府统一协调和承担费用，乘坐复工专列人员的交通费用全免。

从上车到下车，这些复工人员也能享受全程"定制服务"。从贵州各地赶来的务工人员，凭身份证就能进站了。列车到站后，杭州市人社局和各区人社部门都会到站迎接。在高铁站，这些下车的乘客还收到了一个礼包——里面装着面包、牛奶等食物和口罩。

此次复工专列主要针对两方面人员：一是企业原有节前返工人员，二是企业在外地新招聘人员。乘坐专列返杭的员工须持有杭州健康绿码，且没有发烧、咳嗽、呼吸不畅等疑似新冠肺炎症状。而且，申请专列返杭的企业，须能够妥善解决员工的住宿问题。

健康码是杭州率先推出的基于数字化能力的健康评估证明，可作为疫情期间复工人员流动的通行凭证。2月11日杭州市率先实施，领取绿码的人员凭码通行，领取红码和黄码的人员需按规定隔离并健康打卡，满足条件后将转为绿码。

除浙江外，河南、安徽、四川等省份也多措并举，协调交通部门采取输出地包车输送、企业灵活接送等点对点的包车运输方式，集中组织农民工返岗复工。

随着越来越多企事业单位复工复产，城市里车多起来了，路忙起来了，商场、公园也开起来了，我们熟悉的城市慢慢回来了。

（本文主要编选自《人民日报》、《中国新闻周刊》等相关报道）

2月18日　中国·武汉

◎ 2月18日下午，国家主席习近平应约同英国首相约翰逊通电话。习近平感谢伊丽莎白二世女王和约翰逊对中方抗击新冠肺炎疫情的慰问。习近平指出，英方为我们抗击疫情提供了物资支持，这体现了中英两国和两国人民的友好情谊。约翰逊代表英国政府和人民对中国人民遭遇新冠肺炎疫情表示慰问，对中国采取全面有力措施防控疫情、及时同国际社会分享信息、努力防止疫情在世界蔓延表示高度赞赏。

◎ 2月18日下午，国家主席习近平应约同法国总统马克龙通电话。习近平指出，在中国抗击新冠肺炎疫情的关键时刻，总统先生再次来电向中方表达慰问和支持，充分体现了中法两国的深厚友谊和中法全面战略伙伴关系的高水平，以及你本人对中国和中法关系的高度重视，我对此表示感谢和赞赏。马克龙再次对中国政府和中国人民团结一心抗击疫情表达声援，对中方及时采取有力举措，展示出高度公开透明表示钦佩。

◎2月18日，国务院总理李克强主持召开国务院常务会议，部署不误农时切实抓好春季农业生产；决定阶段性减免企业社保费和实施企业缓缴住房公积金政策，多措并举稳企业稳就业。

◎国务院联防联控机制印发《关于科学防治精准施策分区分级做好新冠肺炎疫情防控工作的指导意见》。

◎民政部、国家卫健委联合印发通知，要求各地争取为参与社区防控工作的专职城乡社区工作者适当发放临时性工作补助，并为参与疫情防控工作的社区志愿者适当发放补贴。

温暖咖啡馆

来自伊朗的咖啡师 Sina，不善言辞，但会把手中的每一杯咖啡都做到极致。（Wakanda 咖啡店／图）

Wakanda 咖啡，一个在武汉刚刚成立一年多的咖啡品牌。在肺炎疫情蔓延武汉期间，它成为这座城里唯一还在运营的咖啡馆。这个由留守武汉的七位咖啡师组成的团队，年龄跨度从 80 后到 00 后，分别来自武汉、郑州和伊朗。

从 1 月 26 日开始，Wakanda 咖啡店每天为湖北省中医院光谷园区和花园山院区免费供应 500 杯咖啡。一位医生在网店留言："疫情发生后，不少外卖拒绝医院订单，是你们挺身而出，坚持无偿给我们送咖啡，给我们带来超级多的感动。"

"医护人员给我们的感动更多。"Wakanda 负责人说，有一天他们送上咖啡，两位医生和三名志愿者齐刷刷向他们鞠躬致谢。那一刻，他瞬间泪目。"医护人员给患者续命，那我们就给医护人员'续命'吧！"

Wakanda 咖啡店的善举经媒体曝光后，陆续收到全国各地网友更多的善意。

网友们自发发起了一场线上买单的捐赠，希望通过网络下单请一线的医生护士喝到一杯热咖啡。"云咖啡"就这样诞生了。

截至 2 月 15 日晚，店里总共收到了 13571 笔订单，累计为 Wakanda 咖啡捐赠了 163 万多元。面对这个惊人的数字，店里的小伙伴都感到出乎意料的惊喜和感动，"心跳加速，背后像是涌来一股热气，在你身后站了几十万人似的。"

在此之前，大家从来没想过会做到哪天。就是打算一直做下去，直到把店里的物资都耗光为止。但现在看到这么多人说"不希望这么温暖的咖啡店倒闭"，他们决定尽最大所能坚持下去，满足广大网友的心愿，把"云咖啡"送到每一位医护人员手里。

现在店里每天都会记录订单收到的捐赠，除去购买咖啡原物料成本外，其余的资金会一直用来做咖啡，直到疫情结束的那天。所有剩余善款，他们会寻找最靠谱的基金会，成立武汉市医护人员专享基金"武汉拿铁基金"，全部捐赠给奋战在武汉抗疫一线的医护人员，并附上所有留有捐款名字的网友名单。

在最新的咖啡日记里，他们写下了这样一段话："每天在去医院送咖啡的路上，我们看到农民把自己种的菜直接拉到医疗队，小饭馆的老板为医护人员送几百份饭菜，在国外旅行的人直接把一箱箱口罩背回来送到医护人员手里，我们见到了很多抗疫时期的'逆行者'。我们只是做了我们该做的事情，只是一个中国人该有的样子罢了。"

(本文主要编选自人民网、《新京报》、《焦点访谈》等相关报道)

2020 中国战"疫"日志

2月19日　中国·各地

◎ 中共中央总书记、国家主席、中央军委主席习近平近日就关心爱护参与疫情防控工作的医务人员专门作出重要指示，强调医务人员是战胜疫情的中坚力量，务必高度重视对他们的保护、关心、爱护，从各个方面提供支持保障，使他们始终保持强大战斗力、昂扬斗志、旺盛精力，持续健康投入战胜疫情斗争。

◎ 根据国家卫生健康委员会官方网站披露，2月18日0—24时，31个省（自治区、直辖市）和新疆生产建设兵团报告新增确诊病例1749例，新增治愈出院病例1824例，新增治愈出院病例首次超过新增确诊病例。

◎ 截至2月19日，全国已有278支医疗队、32395名医务人员从各地驰援湖北，包括呼吸、感染、心脏和肾脏等多个学科专业。武汉的重症专业医务人员达1.1万名，接近全国重症医务人员资源10%。

◎ 目前武汉已全面启用12家方舱医院，全市方舱医院计划床位已超过两万张。

春天的田野

2月19日，江西省吉安市永丰县七都乡农民在田间劳作。（新华社 刘浩军 摄）

今天是中国二十四节气中的雨水。雨水节气在北方意味着雨渐渐比雪多了，在南方意味着几乎没有雪了，转而常是连绵阴雨。

雨水至，春耕忙。"春雨贵如油"，降水有利于越冬作物返青或生长，此时正是准备春耕春播的好时机。农民忙着翻田，将杂草等深埋地下，经雨水一泡，便将是此春农作物最好的有机肥。

眼下，疫情防控进入攻坚阶段，春耕备耕也到了关键时期。

连日来，各地农民在做好疫情防控的同时，积极投入到农事当中，确保农忙、防疫两不误。他们戴上口罩，来到田间地头，开始了新一年的劳作。

每个人都有属于自己的一线。对以种地为生的农户来说，那一垄田一畦地就是他们的一线。

深爱脚下的每一寸土地,专注手中的每一粒种子,呵护眼前的每一株作物,用辛勤的耕耘换来金秋的丰收,保障好大家的一蔬一饭,这,就是他们的工作,也是他们的贡献。

春种一粒粟,秋收万颗子。希望,就在这春天的田野上。

(本文主要编选自中央纪委国家监委网站等相关报道)

2月20日 中国·武汉

◎ 2月20日，国家主席习近平应约同韩国总统文在寅通电话。习近平指出，在中国人民奋力抗击新冠肺炎疫情的特殊时刻，总统先生专门来电话表达慰问支持，同我就深化双边关系交换意见，体现了中韩作为近邻守望相助、同舟共济的友好情谊。文在寅表示，韩国政府和人民对中国人民遭遇新冠肺炎疫情表示诚挚慰问。韩方积极评价中方为应对疫情所作巨大努力，相信在习近平主席坚强领导下，中国人民团结一心，一定能够早日取得疫情防控阻击战的胜利。

◎ 2月20日，国家主席习近平应约同巴基斯坦总理伊姆兰·汗通电话。习近平指出，抗击新冠肺炎疫情是当前中国政府的头等大事。经过广大医务人员和全国各族人民艰苦努力，目前疫情形势已开始出现积极变化。我们不仅有信心、有能力、有把握打赢这场疫情防控阻击战，而且能将疫情影响降到最低，努力实现今年经济社会发展目标任务。伊姆兰·汗表示，由于中方的有效防控，疫情并未在世界蔓延。

整个世界都感谢并赞赏中方应对疫情的努力和成效，没有任何国家可以做得比中国更好。

◎ 2月20日，国家主席习近平给美国盖茨基金会联席主席比尔·盖茨回信，感谢他和盖茨基金会对中国防控新冠肺炎疫情工作的支持，呼吁国际社会加强协调、共同抗击疫情。

◎ 2月20日，中共中央政治局常委、国务院总理、中央应对新冠肺炎疫情工作领导小组组长李克强主持召开领导小组会议，部署进一步加强一线医务人员防护，加快药物有效应用，要求继续做好科学防控、推动有序复工复产。

"提灯"姑娘

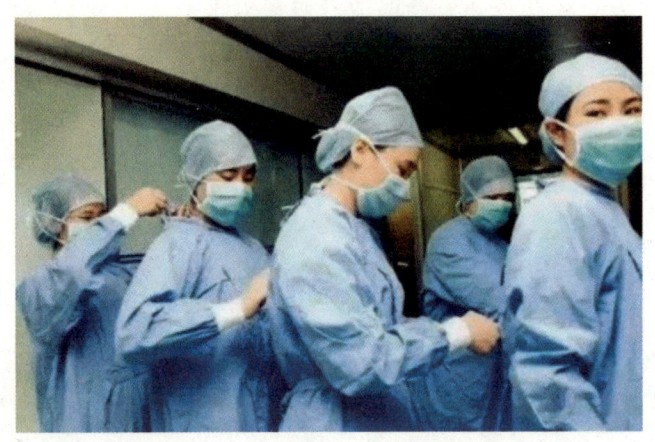

抗疫一线的"提灯"姑娘们

身处抗疫一线的医护人员中有多少女性？现在并没有确切的数据。上海市妇联曾从战斗在疫情最前线的医疗卫生机构获悉，医生中有 50% 以上为女性，一线女护士更超过 90%。因此在这场抗疫战场上，女性顶起了大半边天。

她们的动人之处不在于"像男人一样去战斗"，而恰恰是带着女性的特质，靠着知识、经验，悲悯、坚韧，温情、灵动，成为这场战"疫"不可或缺的中流砥柱。

今天，我们想分享一位护士的工作手记。她是武汉金银潭医院新冠肺炎隔离病区南四楼护士长吴静。让我们借由这一段段简短却有力的话语，重温"提灯女神"南丁格尔的精神。

"近期收治患者年龄偏大，病情也更重了。接触到体液分泌物会更多，于是在防护服外面套上了隔离衣。可以说武装到牙齿了，然而我们当中依然有人不幸中招了。说好的不哭，依然忍不住暗自落泪。姑娘别哭，我们是'提灯者'，脚下一直会有光明。"

"这个高高瘦瘦的机器，好多人可能不太认识。我们叫它高频吸氧机，是一种新型高流量高浓度吸氧装置，是本次新冠肺炎救治中的明星产品。用到患者身上，我们只需要不到一分钟。为什么是我们在一线持续抗战，因为我们时刻准备着。这个机器、这项技术，我们已经用了好几年。"

"拉心电图，本应是功能科技师的特长。不记得从什么时候开始，我们所有护士都会了。疫情来了，常规每个病人都需要做心电图。正好我们都会，又减少了一批人进入隔离区。日复一日的工作，我们硬生生把自己打造成了'万金油'。"

"2月15日下午5点，对面武汉客厅方舱医院送来一位70多岁的老先生，神志不清且烦躁不安，氧饱数据显示极度缺氧。医生初步诊断，还有肠梗阻，情况不妙。6点不到，进隔离区接班。上一班的小姐姐已经建好静脉通道，两条。接好心电监护，装好高频氧机，上好导尿管，还做了适当约束。一顿操作猛如虎，短短半个小时，患者脱离了生命危险，妥妥的。"

"护士学历参差不齐，性格千差万别，我们接受不同的声音。疫情过后，恳请大家正视我们这个群体。我们绝不是底层的'万金油'，而是拥有一身本领舍己救人的中流砥柱。我们不需要赞美，只想得到应有的尊重。"

"提灯者，愿你三冬暖，春不寒。愿你被世界温柔以待。"

（本文主要编选自《新京报》、新华社等相关报道）

2月21日　中国·武汉

◎2月21日，中共中央政治局召开会议，研究新冠肺炎疫情防控工作，部署统筹做好疫情防控和经济社会发展工作。中共中央总书记习近平主持会议。会议指出，目前疫情蔓延势头得到初步遏制，防控工作取得阶段性成效，全国新增确诊病例数和疑似病例数总体呈下降趋势，治愈出院人数较快增长，尤其是湖北以外省份新增病例大幅减少。同时，要清醒看到，全国疫情发展拐点尚未到来，湖北省和武汉市防控形势依然严峻复杂。

◎2月21日，中共中央政治局常委、国务院总理、中央应对新冠肺炎疫情工作领导小组组长李克强到北京海淀考察口罩等医疗防控物资生产供应保障情况，强调多措并举增加医疗防控物资生产供应，支持疫情防控防治，保障有序复工复产。

◎2月21日，国务院联防联控机制就指导落实新冠肺炎疫情防控各项工作要求，推动企事业单位稳步有序复工复产，印发《企事业单位复工复产疫情防控措施指南》。

◎2月21日，世界卫生组织总干事谭德塞在瑞士日内瓦召开的新冠疫情例行记者会上宣布，中国—世界卫生组织新型冠状病毒肺炎联合专家考察组已于2月16日正式在华开展工作，目前已完成在北京、广东和四川的考察。联合专家考察组部分中外专家于22日赴武汉，将与当地卫生行政部门座谈，并参观有关医疗卫生机构。

一封永远无法寄出的婚礼请柬

彭银华医生和妻子的婚纱照

根据国家卫健委公布的数据,截至2月18日,全国共有1700余名医护人员确诊感染新冠肺炎,9人不幸去世。

这不是数字,是生命。

武汉市江夏区第一人民医院/协和江南医院呼吸与危重症医学科医生彭银华,在抗击疫情一线不幸感染新冠肺炎,于2020年2月20日21时50分在武汉市金银潭医院去世。他是在这场疫情中殉职的第10位医护人员。

彭银华走了,这位29岁的呼吸科医生再也无法牵着他心爱的女孩的手,走进婚礼的殿堂了。从第一例新冠肺炎患者确诊,到隔离病区组建,作为江夏区第一人民医院的一名呼吸内科医生,彭银华深知"有场硬仗要打"。他推迟了原定正月初八的婚期,主动请缨上一线。他办公桌的抽屉里还留着没来得及发下去的婚礼请柬。虽然婚礼只是个仪式,彭银华和妻子已经领了结婚证,他快要当爸爸了。

2月18日10时54分,在与病毒抗争了26天后,年仅51岁的武昌医院院长刘智明与世长辞,他也是第一个牺牲在一线的医院院长。刘院长牺牲后的第二天晚上,武昌医院消化内科护士长徐瑞杰发了一条朋友圈:"总不时张望电梯口,希望像往常一样,一抬头您从电梯出来,面带微笑地问我:病区都还好吗?"这一天,武昌医院504张床位上,正救治着431名新冠肺炎患者。

还有很多跟彭银华医生、刘智明医生一样的医护人员。

想着"病好了还要上前线"的李文亮医生,

在武汉市红十字会医院工作了29年的肖俊医生,

……

他们是英雄,亦是血肉之躯的凡人。穿上这身厚重憋闷的防护服,他们是病毒的"狙击手",筑起了患者的"生命线"。脱下战袍,他们也是父母的儿女,是儿女的父母,是爱人心中的牵挂。

2月20日下午,国务院新闻办公室在湖北武汉举行新闻发布会。发布会现场,全体人员首先起立,为疫情中英勇牺牲的医务人员和不幸去世的患者默哀。

(本文主要编选自新华网、《南方周末》等相关报道)

2月22日　中国·武汉

◎ 2月22日凌晨，国家卫生健康委发布关于修订新型冠状病毒肺炎英文命名事宜的通知，决定将"新型冠状病毒肺炎"英文名称修订为"COVID-19"，与世界卫生组织命名保持一致，中文名称保持不变。

◎ 2月22日，中央应对新型冠状病毒感染肺炎疫情工作领导小组印发《关于全面落实进一步保护关心爱护医务人员若干措施的通知》。《通知》就进一步保护关心爱护医务人员提出十方面措施。

"我不想哭,哭花了护目镜没法做事。"

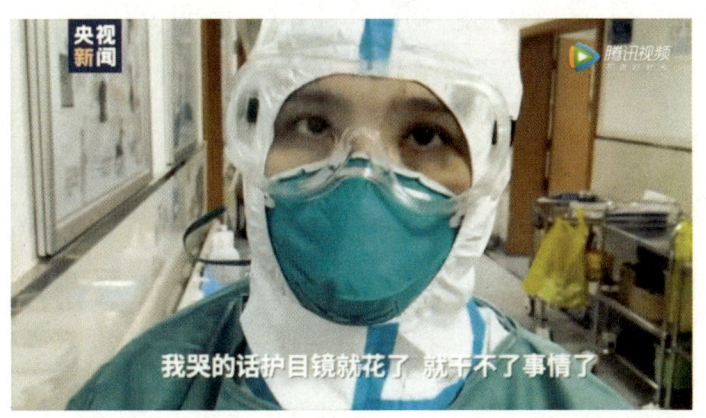

《新闻联播》节目里,朱海秀接受采访。

　　97年的朱海秀是广东省中山三院内科ICU的一名护士,1月24日除夕夜她和队友们一同奔赴防控前线迎战。漂亮的年轻女孩因为工作强度和压力,脸上带着重重的黑眼圈。她说来的时候没告诉父母,但是前几天被父母知道了,"那是我22年以来第一次看到我爸哭。"她不想对着央视的采访镜头向爸妈报平安,她说:"我不想哭,哭花了护目镜没法做事。"

　　1998年出生的易俊丰是湖南省人民医院神经内科重症监护室的一名男护士。疫情发生后,易俊丰主动"请战"去前线。"除了专业技术好,还要学会拉家常",易俊丰说,护理病人不仅是身体方面的照料,心理方面的疏导更是不可或缺,看到病人能够安心检查、恢复健康,自己也很有成就感。

　　"00后"詹同学是一名大一新生,从武汉到深圳过年的他,被确诊为新冠肺炎。在医护人员的全力救治下,他成功摆脱病魔,康复出院。康复后的他,听到"请新冠肺炎康复者捐献血浆,帮忙救治更多的重症患者"的号召，马上赶回深圳捐献了200cc的血浆，为更多人带来生的希望。

无锡市锡山区锡北镇泉山花苑党员方艳华，从大年初一开始就坚守在岗位上保障社区"抗疫"工作顺利展开。方艳华年仅16岁的女儿厉方，在母亲的言传身教下，主动加入到社区的志愿队伍中成为一名"00后"志愿者。

虽然尚显稚嫩，厉方却用行动展现了"00后"的坚毅和韧性。奔波于一栋栋楼道、奔跑在一层层楼层、敲开千门万户，为居家隔离的家庭送上新鲜的蔬菜。厉方还用自己的压岁钱，购买了50副防护镜、15件防护服、1500副一次性手套和晚餐，与妈妈一起送到一线防疫工作人员手中。

这届年轻人，他们有个性、有活力。平日里，他们也许喜欢刷B站、追动漫、玩"吃鸡"。但此时此刻，面对疫情，他们稚嫩的脸庞上，却闪耀着大人般的担当。

这就是中国的年轻人。

这也是中国的未来！

（本文主要编选自《新闻联播》、中央纪委国家监委网站、新华社等相关报道）

2月23日　中国·武汉

◎2月23日，统筹推进新冠肺炎疫情防控和经济社会发展工作部署会议在北京召开。中共中央总书记、国家主席、中央军委主席习近平出席会议并发表重要讲话。他强调，中华民族历史上经历过很多磨难，但从来没有被压垮过，而是愈挫愈勇，不断在磨难中成长、从磨难中奋起。当前疫情形势依然严峻复杂，防控正处在最吃劲的关键阶段，各级党委和政府要坚定必胜信念，咬紧牙关，继续毫不放松抓紧抓实抓细各项防控工作。要变压力为动力、善于化危为机，有序恢复生产生活秩序，强化"六稳"举措，加大政策调节力度，把我国发展的巨大潜力和强大动能充分释放出来，努力实现今年经济社会发展目标任务。

◎据国家卫健委数据，2月20日至22日，全国已连续3天治愈出院人数超两千。

当一切过去……

2月16日，雪后的武汉大学樱园和老图书馆。（新华社 陈晔华 摄）

2020年1月23日—2月23日，31天，744个小时。

还需要多久？我们无法回答。

那么让我们来想一想：当这一切过去，你想做的事是什么？

上海第一批援鄂医生，现驻守武汉金银潭医院ICU病房的钟鸣大夫是这样说的："我想去平常地上一天班，我想平常地过一个周末，重新体会一下过去的每一天。之前我并没有意识到这么重要的、这么珍惜的平凡生活，是那么的重要那么的可贵。"

方舱医院里不知道名字的护士姑娘，她的防护服上写着"中南医院"："想去武大看樱花啊。希望疫情能在樱花季之前结束。我想，那时武大校园不会有那么多人吧。我想好好看看樱花。"

《三联生活周刊》驻武汉记者驳静的愿望是："好想大口呼吸，好想拥抱你们（方舱医院里护士）。"

武汉市公安局硚口区分局局长张晓红说："我最大的期待就是

患病民警早日康复，当胜利来临的那一天，我们一起摘下口罩，露出笑脸，走家串户，拉扯家常，一起见证我们这座英雄的城市再现车水马龙！"

林子，武汉人，本地吃饭狂热爱好者说："等疫情结束，我要把曾记豆皮，吴长子卤菜，老魏氏牛肉粉，民生甜食一家家都吃一遍！我要亲眼看到他们每个人都健康，都好好的。我要亲眼看到！"

在北京中关村互联网公司当"码农"的大妞说："当疫情结束后，我想要坐人挤人的'沙丁鱼罐头'，挤上那一趟高峰期的地铁和公交，告别'云办公'的日子，恢复正常的上下班时间，比起冷清的上班线，现在更喜欢人潮涌动的场景。"

网友"大福晋"说："等一切过去了，我就想去看看劫后余生的武汉。一路坐着火车，也不用戴口罩，人与人之间的距离也不用隔很远。然后，每天吃一碗热干面，在慢慢复活的街巷里漫无目的地走走，用力去记住在一场空前的大劫难中这座城留下的伤痕，和武汉人眼睛里的死灰复燃。"

终有一天，我们会平安地在人海中重逢，给劫后余生的彼此一个友善的微笑。

然后认真过好每一天。

2020，未完待续……

编者的话

17年前,非典肆虐北京,我正在北京读大学。阴差阳错地,在北京封城前回了老家,躲过了疫情的中心。记得那年期末,传媒学老师给我们布置的考试题目是策划一本"非典特刊"。

17年后,新冠来袭,我仍在北京。这次领导布置的题目是用日志的形式,记录当下中国正发生的战"疫"故事。

两次灾难,我都不在现场,我都不是深陷其中的"城里人"。

我没有经历那些生离死别,刀子没有真正"划"在自己心上,我哪有立场和资格说"感同身受"?

我不是医生,无法披挂上阵,直面病魔;我不是科研工作者,没有能力研制抑制病毒的药剂;我不是记者,不能带着自己的笔和镜头深入一线采访报道……

我能做些什么?我们能做些什么?

我是一个出版人。这一个月里,有很多人、很多事,不该淹没在琐碎生活中,不该最终被遗忘。我可以把他们收集、整理、记录下来。等到几十年之后,当人们回忆往事的时候,这些记录能够帮助人们回到2020,回到武汉,回到此刻正在发生、发展着的这一场"战疫"之中。

我是一个翻译者。我可以让海外读者在第一时间比较全面地了解中国抗疫的真实情况,让世界看到一个从不屈服、充满大爱、必将取得胜利的中国。

我是一个陪伴者。我希望我们的书能陪伴读者走过这一段灰暗日子，走到"冬将尽，春可期，山河无恙，人间皆安"的平凡岁月。

加缪在《鼠疫》中写："同鼠疫做斗争，唯一的方式就是诚挚……我不知道诚挚通常指什么，但是就我的情况而言，我知道诚挚就是做好本职工作。"

我们的本职工作是记录历史。而铭记历史，是为了更好地启迪未来。

经过这一场阻击新冠肺炎的人民战争，相信我们所有人的生态保护意识、敬畏自然意识、卫生健康意识、人类命运共同体意识都会得到更新和提高。

一个民族在灾难中失去的，必将在民族的进步中得到补偿！

武汉加油！
中国加油！
人类加油！

2020年2月23日

外文出版社本书编辑组

致 谢

在这一个多月的时间里,广大媒体人不畏艰险、深入一线采访报道。他们用纸和笔、用镜头和话筒,让世界客观全面地了解疫情、了解防控情况,记录下一幕幕一线抗击疫情的感人事迹。作为出版人,我们深表敬意。

本书主要编选自各类媒体的报道和记述,我们编辑出版本书中、英文版,就是希望能尽一份出版人的初心和责任,及时记录和传播这段不凡的历史,让海内外读者能在第一时间比较全面了解中国抗疫的真实情况。我们将首先在各大数字出版主流运营平台发布这本书的中、英文版电子版,向国内外读者免费开放阅读,以此致敬所有参与这次抗疫的人们。

由于编写时间仓促,信息也在不断更新变化,书中难免有不尽全面、准确的地方,敬请读者谅解。特别是书中取材来不及事先征得相关媒体及版权方授权,在此深表歉意并致以谢忱。

鸣谢（排名不分先后）

新华社 新华网 人民网 学习强国 中国网 光明网 环球网 中新网 中央纪委国家监委网站 《人民日报》 《环球时报》 《湖北日报》 《长江日报》 《重庆日报》 《钱江晚报》 《新京报》 《中国报道》 《人民画报》 《北京周报》 《人民中国》 《今日中国》 《北京青年报》 《中国经营报》 《中国青年报》 《解放军报》 《南方周末》 《中国经济周刊》 《每日经济新闻》 《中国新闻周刊》 侠客岛 百万庄通讯社 凤凰网 澎湃新闻 财新网 第一财经 新闻联播 焦点访谈 央视新闻 今日头条 等

上述鸣谢机构不尽完备，敬请谅解。我们将尽可能联系到各位并支付使用费，也敬请我们漏谢和未联系上的相关版权方与我社联系，以便我们敬补鸣谢和使用费。

再次对这场抗疫战斗中挺身而出的所有媒体和记录者致以崇高的敬意和谢忱。

图书在版编目(CIP)数据

2020中国战"疫"日志 /《2020中国战"疫"日志》编写组编. -- 北京：外文出版社，2020.2
ISBN 978-7-119-12318-9

Ⅰ.①2… Ⅱ.①2… Ⅲ.①新闻报道—作品集—中国—当代 Ⅳ.①I253

中国版本图书馆CIP数据核字(2020)第030741号

出版指导：陆彩荣
策划统筹：徐　步　胡开敏　许　荣　于　瑛　王　洋
责任编辑：杨　璐
封面设计：一瓢文化 · 邱特聪
装帧设计：吾昱设计
印刷监制：秦　蒙

2020中国战"疫"日志

本书编辑组

© 2020 外文出版社有限责任公司
出 版 人：徐　步
出版发行：外文出版社有限责任公司
地　　址：中国北京百万庄大街24号　　邮政编码：100037
网　　址：http://www.flp.com.cn　　电子邮箱：flp@cipg.org.cn
电　　话：86-10-68998085
　　　　　86-10-68995852
印　　刷：环球东方（北京）印务有限公司
开　　本：787mm × 1092mm　1/16
印　　张：8
装　　别：平装
版　　次：2020年2月第1版　　2020年3月第1版第2次印刷
书　　号：ISBN 978-7-119-12318-9
定　　价：39.00元